겨울, 춘천

A4 시동인 11집(2014)

이 책은 (재)춘천시문화재단 2014 문화예술지원금을 지원받아 제작되었습니다.

이 도서의 국립중앙도서관 출판예정도서목록(CIP)은 서지정보유통지원시스템 홈페이지(http://seoji.nl.go.kr)와 국가자료공동목록시스템(http://www.nl.go.kr/kolisnet)에서 이용하실 수 있습니다.(CIP제어번호: CIP2014034501)

겨울, 춘천 A4 시동인 11집(2014)

펴낸이 / 조은경
지은이 / A4 시동인
기　획 / 박제영
책임편집 / 전형근
디자인 / 박민희
펴낸곳 / 늘봄

등록번호 / 제300-1996-106호 1996년 8월 8일
주소 / 서울시 종로구 동숭4길 9 (동숭동 19-2)
전화 / 02)743-7784
팩스 / 02)743-7078

초판발행 / 2014년 12월 27일

ISBN 978-89-6555-034-1 03810

춘천 詩民, 그리고 쥐와 난쟁이와 맹인들의 춘천서정

A4 시동인 **11**집
(2014)

겨울, 춘천

늘봄

비가 내리면 춘천에 간다네
그곳에선 쥐와 난쟁이와 맹인들이 나의 애인이라네

1993년 처음 A4 시동인이 결성된 이래 지금까지 열 번의 동인지가 발행되었습니다. 춘천을 대표하는 시동인으로 자리매김하기까지 그동안 발행해온 동인지의 역할이 작지 않았다고 생각합니다. 지난 2010년 열 번째 동인지인 『공개수배』를 낸 후 이런저런 사정으로 3년의 공백기가 있었습니다. 물론 3년의 공백기 동안 다양한 문화, 문학행사를 통해 춘천시민들과 함께 했고, 동인들은 저마다 시집으로, 전시회로 활발한 창작활동을 벌여왔습니다. 그럼에도 3년 동안 동인지를 내지 못하고 있는 것에 대한 부담이 컸던 게 사실입니다. 다행히 올해를 넘기지 않고 열한 번째 동인지를 낼 수 있게 되어 마음의 부담을 덜게 되었습니다. 이번 동인지에 참여해주신 모든 A4 동인들에게 감사의 말씀을 드립니다. 이번 동인지에는 개인적인 사정으로 부득이 참여하지 못한 동인이 세 분 계십니다. 김금분 동인, 원태경 동인, 유문호 동인. 아쉬움이 무척 큽니다. 다음 작업에는 꼭 참여해주실 줄 믿습니다.

이번 동인지를 만들면서 많은 고민을 했습니다. 동인들의 시작품을 싣는 것은 당연한 것이지만, 시 이외의 다양한 장르의 글들을 포함시키는 것은 어떨까, 그동안 A4가 해왔던 행사나 동인 각자가 해왔던 일들을 소개하는 것은 어떨까, 강원도 내의 다른 시동인을 소개하는 코너는 어떨까, 이런 저런 많은 고민을 했습니다. 결론은 순수하게 "시로 가자" "시를 보여주자"였습니다. 다만 강원도가 고향인, 강원도가 배경인 좋은 시인들 몇 분을 초청해서 함께 묶

는 것으로 최종 결론을 내렸습니다. 초청에 흔쾌히 응해주시고, 멋진 작품을 보내주신 권선희 시인, 김남극 시인, 김명기 시인, 박용하 시인, 박정대 시인, 안현미 시인, 우대식 시인, 이영춘 시인, 이홍섭 시인, 전윤호 시인, 조성림 시인, 최돈선 시인, 한승태 시인께 진심으로 감사의 말씀을 올립니다. 축사를 즐겁게 흔쾌히 써준 벗, 김도연 소설가에게도 특별히 감사드립니다.

춘천의 시동인 A4. 춘천 詩民들의 오래 된 애인들인 그들을 시민들은 이렇게 부릅니다. 쥐와 난쟁이와 맹인들이라고.

"비가 내리면 춘천에 간다네 / 그곳에선 / 쥐와 난쟁이와 맹인들이 나의 애인이라네"

그래요. 춘천이라는 안개 섬에서 안개 같은 시를 짓고 안개 같은 시를 섬 밖으로 나르고 있는 우리는 쥐와 난쟁이와 맹인들입니다. 자본의 정글에서 퇴출된 습지의 늙은 시인들입니다. 돈도 되지 않을 시를 이십 년이 넘도록 함께 짓고 있는, 물과 바람과 나무와 풀로, 고양이의 울음과 쥐의 눈물과 도마뱀의 오줌으로 안개 같은 시를 함께 짓고 있는 우리는 참으로 미련한 족속들입니다.

지난 22년 동안 우리 A4는, A4 동인들은 그렇게 미련하게 시를 짓고 써왔

습니다만, 우리는 아직도 춘천의 겨울에, 춘천의 안개에 닿지 못했습니다. 우리의 詩는 춘천의 겨울에, 춘천의 안개에 닿지 못했습니다. 어쩌면 앞으로도 영원히 닿지 못할지도 모릅니다. 그런데 그래서 우리 A4는 이 미련한 시 모임을 미련하게 지속할 것이고, 우리 A4 동인들은 이 미련한 시를 미련하도록 계속해서 짓고 쓸 것입니다. 그러니 모쪼록 우리를, 우리의 시를, 우리의 미련함을 끝까지 지켜봐주시고, 응원해주시고 격려해주시면서 우리와 함께 했으면 좋겠습니다.

끝으로 표지 그림을 그려주신 변우식 작가에게 감사드리고, 늘봄출판사 조은경 사장님과 이부섭 편집장께도 감사의 말씀을 올립니다.

2014년 겨울 초입

A4회장 박제영

뭐, 소설가 보고 A4 동인지 발간 축하의 글을 써달라고?

김도연(소설가)

젠장! 일전에 박 시인으로부터 알펜시아 콘도 숙박 할인을 부탁하지 말았어야 했다. 그 전력이 있다 보니 박 시인의 축하 글 청탁을 매정하게 자르지 못했다. 받아먹었으면 게워내야 하는 게 자본주의의 미덕 아니냐는 뜻이 그의 목소리에 진하게 묻어 있었다. 후회하기에는 이미 늦었으니 그게 나의 한계다. 나는 마지못해 그러겠다고 하며 전화를 끊었다. 더욱이 그는 환자의 형식을 빌려 내게 전화를 걸었으니, 교활하기 이를 데 없었다. 이후 차일피일 미루다 마감 날이 닥쳐왔다. 머리를 굴리고 또 굴렸다. 병도 다 나았을 테니 깊은 밤 문자의 형식을 빌려, 요즘의 내 정황을 알리며 도저히 못 쓰겠다고 하면 될 것도 같았다. 그게 어젯밤의 생각이었는데 그만 술을 너무 많이 마셔 문자를 보내지 못하고 잠들었는데 오늘이 어김없이 닥쳐왔다.

그래서 눈물을 머금은 채 이 기이하고 슬픈 인연의 연대기를 작성한다.

젠장! 박기동 시인에게 그동안 너무 많은 술과 밥을 얻어먹었다. 술과 밥이 전부가 아니라 너무 오랜 세월 연을 맺었다. 슬그머니 잘랐어야 했다. 봉의산에서 우연히 만나도 모른 척하지 못한 게 화근이다(한 마디로 쌩깠어야 했는데……).

젠장! 허문영 시인이 눌러주는 '좋아요!'에 흐뭇해하지 말았어야 했다. 약국을 운영하는 여 제자를 소개시켜 주지 않을까 하는 희망을 일찌감치 버

렸어야 마땅했다. 어디 행사장에서 웃으며 다가올 때 일찌감치 자리를 피하는 게 맞았다.

젠장! 황순애 시인의 아름다운 목소리에 홀려 저들이 모여 술 마시고, 꽥꽥거리며 노래하고, 취해 뻗은 곳으로 노를 저어 달려가는 게 아니었다. 정작 황 시인의 아름다운 목소리와 대화를 나눈 건 잠시뿐이고 나머지 시간은 취한 시인들 뒤치다꺼리였다.

젠장! 이규호 시인? 얜 또 누구야? 본 적이 있나? 아, 본 적이 있다. 그런데 지금은 얼굴도 기억 안 난다.

김창균 시인의 '모란 동백'을 수백 번은 들은 것 같다. 그럼 수천 번을 채워야 하나. 젠장!

김금분 시인? 시는 안 쓰고 정치하시는 그분? 아냐, 아냐. 인자한 누님 같은 분이시지. 담장에 피어 있는 가을의 장미 같은 분이시지. 젠장!

(가만, 이거 일일이 호명하며, 만나지 말았어야 될 항목을 나열해야 되냐. 어떻게 하면 짧게, 대충, 수박 가지고 볼링공 굴리듯 넘어가려고 했는데. 뭐가 이렇게 많아. 묶어서 얘기하면 싫어하려나. 에고 머리 아파, 하여튼 젠장!)

권준호 시인. 그래, 돈 몇 푼에 홀려 김유정문학촌 백일장 심사를 맡지 말았어야 했다. 젠장!

김춘배 시인. 어디 기웃거리면 공짜로 그림 한 점 얻지 않을까 했던 생각을 버렸어야 했다. 젠장!

다시 젠장! 민왕기 시인. 이 인간한테는 깊은 밤 술에 취해 횡설수설하는 전화만 받았던 것 같은데.

송병숙 시인. 가수 아니신가? 그때 채널을 과감하게 다른 곳으로 돌렸어야만 했다. 제엔장!

원태경 시인. 음, 형님. 용기를 잃지 마십시오.

유문호 시인. 정말 얘기 몇 마디 못 나눴습니다. 많이 아쉽습니다.

이향숙 시인. 만날 때마다 처음 뵙는 분이라고 우겼는데 그때마다 전에 본 적이 많았다고 나를 세뇌시켰다. 세뇌의 힘은 무섭다. 앞으로 십 년을 못 보다가 만나도 어제 만난 것 같은 기분이 들 게 틀림없다. 안기부나 보안사로 취직했으면 승승장구했을 텐데. 젠장!

(아, 정말 인원 많다. 우라질!)

젠장! 이상문 시인이다. 작년에 내가 받은 상금을 과감하게 불우이웃돕기에 투척했어야 마땅했다.

젠장! 조현정 시인. 아, 예쁜 얼굴에 침 뱉기란 얼마나 어려운가. 하지만 근처에다가도 뱉었어야 했다.

허림 시인. 형, 시집을 너무 자주 내는 거 아닙니까. 표4 부탁하지 마세요. 머리 빠개지는 줄 알았어요. 젠장!

전형근 시인. 아무리 봐도 고정간첩 같아서 포상금 좀 타려고 유심히 관찰했지만 결국은 간첩이 아니었으니. 인건비 물어내, 젠장!

젠장! 정현우 시인. 내게 고기 맛을 알려줘 더 이상 회복불가능의 상태로 만들어버렸으니.

이렇게 대충 야하고 묘하고 혹한 인연의 연대기를 마무리한다. 원고료는 당연히 없을 테니 바라지도 않는다. 소원이 있다면 앞으로 우리 다시는 만나지 말자는 것. 길거리에서, 술자리에서 만나도 모른 척하자는 것. 다시 한 번 과격하게 말하자면 쌩까면서 살자는 것. 살아가는 일이 이루 말할 수 없이 지루해졌을 때, 그때가 되면 서로의 무덤에 소주나 한 잔 따라주자는 것(죽어서도 소주를 마실 수 있나?). 뭐, 하여튼 이리하여 19명의 시인들 때문에 소설가의 하루가 훌쩍 지나가고 말았으니. 젠장! 〈끝〉

---

* 강원도 진부 출생. 1991년 《강원일보》, 2000년 《중앙일보》로 등단. 작품으로 소설집 『0시의 부에노스아이레스』, 『십오야월』, 『이별전후사의 재인식』, 장편소설 『소와 함께 여행하는 법』, 『삼십 년 뒤에 쓰는 반성문』, 『아흔아홉』 등이 있음. cucurucu666@naver.com

차 례

2부 A4 동인들의 시와 노트

겨울, 춘천

시 박제영
그림 전형근

소양강의 서리꽃을

따라가면 닿을 수 있을까?

의암호의 안개눈을

따라가면 닿을 수 있을까

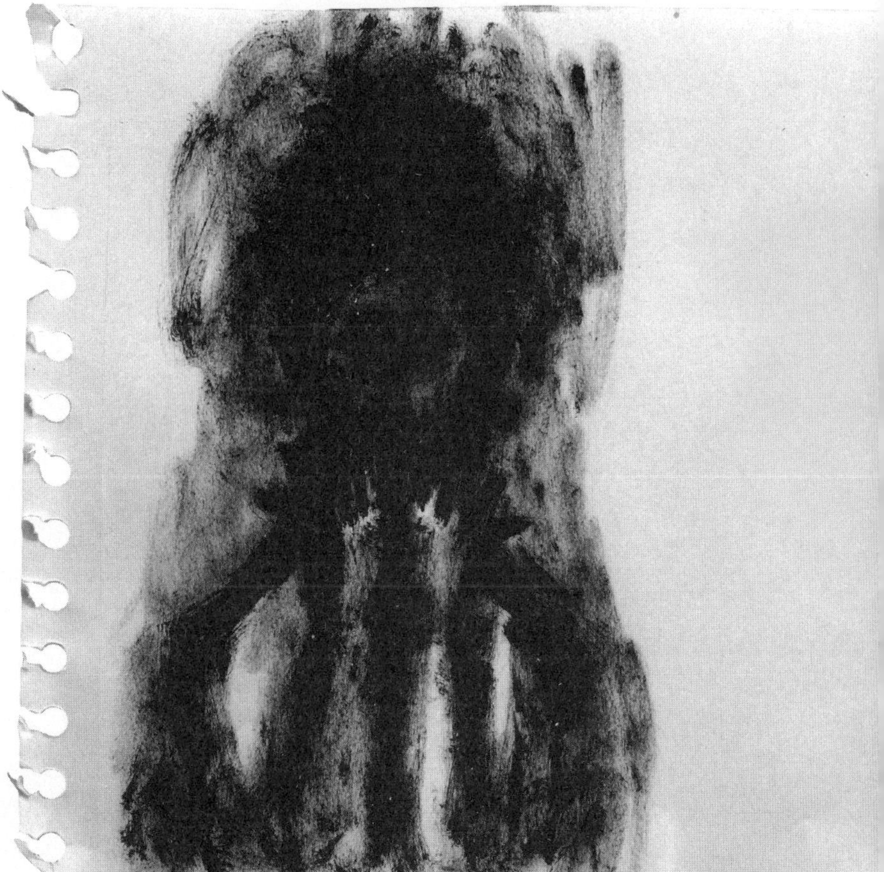

춘천의 겨울, 그것은 휘발된
내 청춘의 마지막 패였다

그곳이라면 실패한
모든 문장들을 지울 수 있으리라

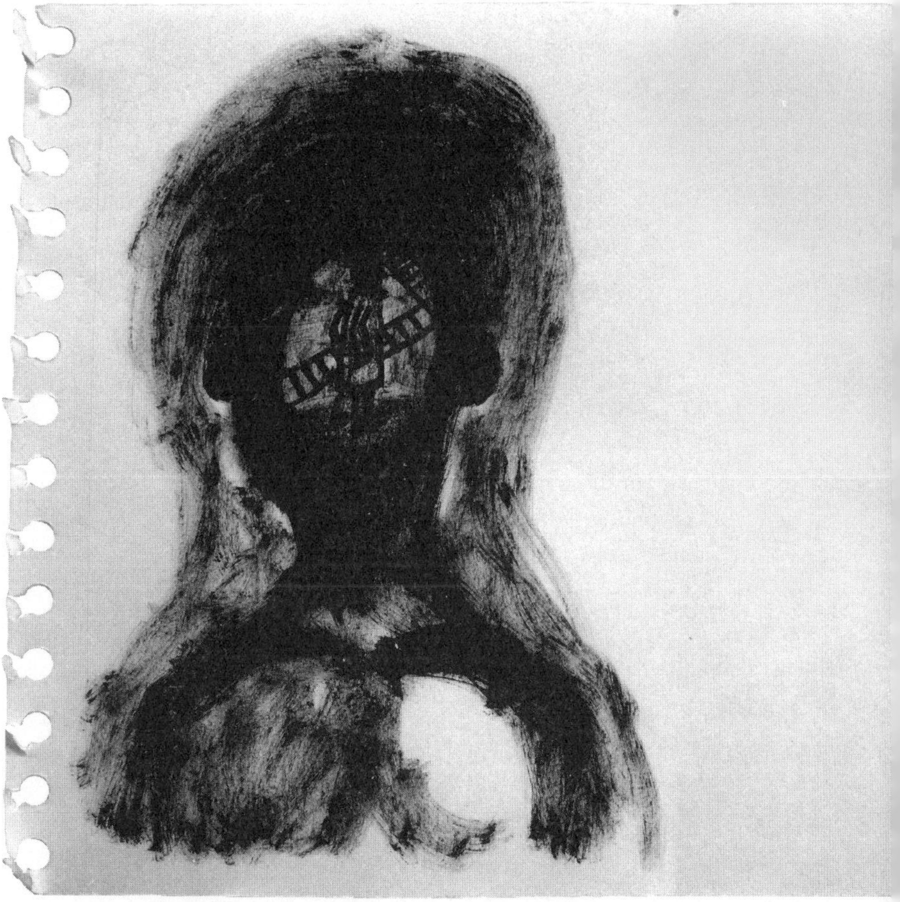

막다른 골목에서 겨울 경춘선에
무작정 올라탔던 스무 살

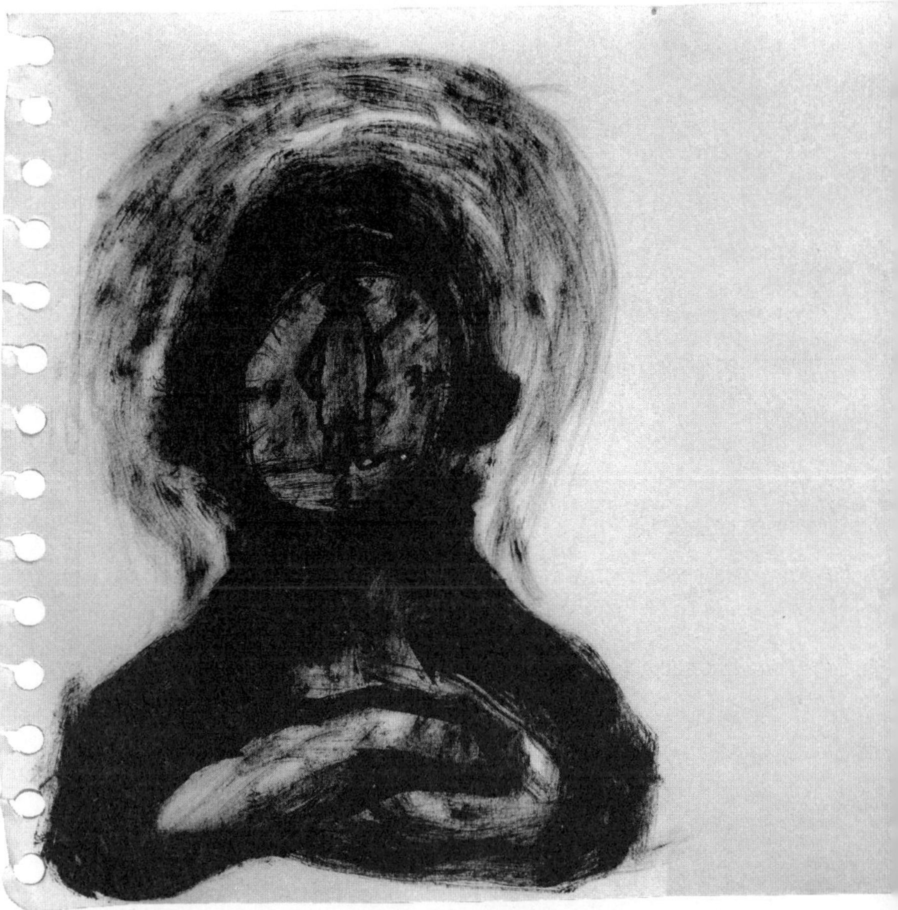

간절의 시간은 속절없이 흐르고
오십의 초입에 들어섰지만

나는 아직도
춘천의 겨울에 닿지 못했다

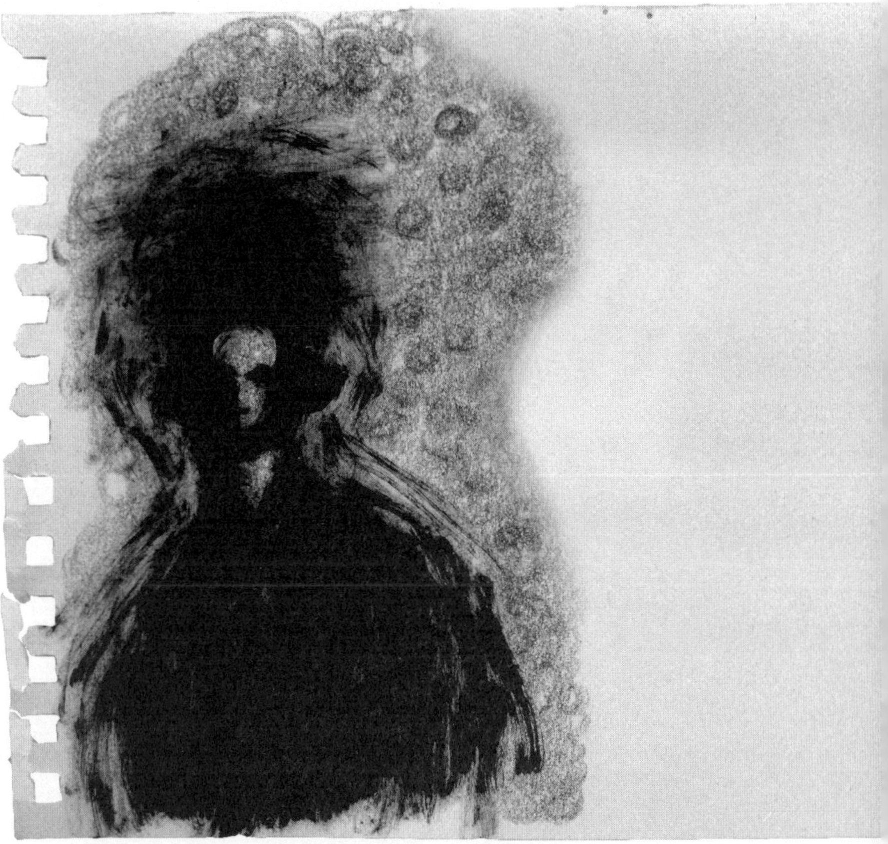

의암호에 내리는 안개눈은
춘천의 겨울이 아니다

소양강에 피어난 상고대는
춘천의 겨울이 아니다

낡고 통속한 문장 앞에서
한 걸음도 더 나아가지 못한 채

나의 詩는 아직도
춘천의 겨울에 닿지 못했다

1부 A4가 초대한 시인들

권선희 _ 젓가락

김남극 _ 불편한 유산

김명기 _ 내밀內密

박용하 _ 가을밤 비 내리는데

박정대 _ 말을 보여줄게 노래를 불러줘

안현미 _ 와유臥遊

우대식 _ 거미줄

이영춘 _ 통증

이홍섭 _ 동강할미꽃

전윤호 _ 무심코 정선

조성림 _ 음유시인과 놀다

최돈선 _ 능소화

한승태 _ 유형지

권선희

김남극

김명기

박용하

박정대

안현미

우대식

이영춘

이홍섭

전윤호

조성림

최돈선

한승태

젓가락

권선희

침묵 밀고 당기는 늙은 부부
천생호 띄워 놓고
아귀 입에 걸린 논란의 실마리 풀고 있어
파도는 연신 시비 걸어오고
고양이는 못들은 척
개는 안들은 척
돌아눕는 아귀 등을 등졌지

눈곱만 달고 나온 그물을
갈매기는 껄껄 비웃는데
둘이 아니면 집어 낼 수 없는 증거와
둘이 아니면 증명할 수 없는 알리바이가
배 안에 남아 있어

당사포 빨간 슬레이트 지붕 아래
어린 손녀가 차리는 밥상 위로 협의는 오르는데
젓가락 두 짝은 아직 해결하지 못한
아침 바다에 걸려 있지

---

* 강원도 춘천 출생. 1998년《포항문학》으로 작품 활동. 시집『구룡포로 간다』.
gsh6007@hanmail.net

불편한 유산

김남극

아버지는 내게 준 게 없다고 생각한 날이 많다

유전자나 줬으니 그 게 다라고 생각한 적이 있다

부귀영화를 받지 못했으니 나는 불행하다고 생각한 적이 많다

아버지는 내게 시를 주고 떠났다

불편과 가난과 증오와 미련 같은 것들

아니면 연민과 지무는 청춘과 늙음의 자괴감 같은 것들

시를 주고 떠난 건 아버지의 의지가 아니다

그래도 자꾸 아버지는 시가 된다

이젠 부귀영화를 남겨주지 못한 아버지가 묻힌 산을 자주 건너다 본다

산벚꽃이 피거나 자작나무 낙엽이 들면 그 산쪽으로 자꾸 눈길이 간다

그곳으로 눈길이 가기까지 참 많은 시간이 흘렀다

---

* 강원도 봉평 출생.《유심》신인문학상 수상. 시집『하룻밤 돌배나무 아래서 잤다』외.
namkeek@hanmail.net

내밀內密

김명기

가질 수 없어
더욱 안타까웠던 날들이었다
하지만 나는
아직도 다 가지는 법을 모른다
다만 고요함이
큰 요동이란 거
평정도 격정이었다는 사실을 알았을 뿐
이제는 아무도 없는 곳에 틀어박혀
덜컹대며 버티는 낡은 창문처럼
닫히지 않는 마음 탓할 일만 남았다
시간이 만든 비의秘義라는 부조리,
지나고 나면 그저 무색했던 일인가
왜 당신들 마음은 늘 내가 절정일 때
스르르 닫히는가

---

* 경북 울진에서 태어나 강원도 태백에서 성장. 2005년 《시평》으로 작품 활동 시작. 시집 『북평 장날 만난 체게바라』. sbehdgo@hanmail.net

가을밤 비 내리는데

박용하

애인은 잘 자고 난 일어나 앉는다
모기가 물어 깬 시월 밤에
그까짓 모기를 잡겠다고 성질을 부리며 일어났지만
모기는 모기소리만큼도 보이지 않고
예정에 없이 일어난 가을비가 우리들 사이에 당도하고 있다
잠만 자는 애인을 곁에 두고
빗소리를 깔고 앉아 시를 쓰는 밤
덤비는 술 생각
덮치는 담배 생각
도발하는 육욕에도
너는 음료수 한 잔 마시듯 잠을 자니
이내 심사는 앉을 자리를 모르는구나
곁에 두고도 함부로 대할 수 없는 곁이며
어떻게 살아야 할지 몰라 헤매던 지난날과
여전히 어떻게 살아야 하는지 모르는 시간 사이로
가을밤 촉촉이 비 내려 쌓이는데
예정에 없이 일어나 앉은 상처 준 날들과 상처받은 날들이
하나같이 뒤로 물러날 생각을 않는다
심오한 가을밤이 아니다
운치 있는 별밤이 아니다

모기에 물려 깬 밤에 잠은 오지 않고
목소리부터 다가오는 사람들 역시 돌아앉을 생각을 않는다
애인은 머리 누일 곳만 있어도 잠들고
나는 자정이고 새벽이고 자주 일어나 앉는다
외롭도록 평화롭기는커녕 심란이 들끓는 밤이다

가을은 사나흘이면 끝나고 비애는 평생을 가리라

---

* 강원도 강릉 출생. 1989년 《문예중앙》으로 등단. 시집 『견자』, 『한 남자』 외.
eastpoem@hanmail.net

말을 보여줄게 노래를 불러줘

— 소설가 김도연에게

박정대

너에게 말을 보여주고 싶었어
가령 조금 비뚤어진 요렇게 생긴 말 한 마리

* 말을 보여줄게 노래를 불러줘

가령 진부 도서관 창문을 열면 보이는 은행잎 외투를 걸쳐 입은 까마귀들에게

신청곡은 닐 영의 하트 오브 골드야

** 90년대 음악계의 폭풍으로 등장한 얼터너티브 밴드들은 한결같이 자신들의 음악적 뿌리를 닐 영에게 두었다고 공언했다 시애틀 출신의 펄 잼과 너바나를 선두로 록의 정신을 새롭게 재무장시킨 이들 밴드들에게 '그런지의 대부'라는 찬사를 받으며 끊임없이 회자되었다는 사실은 곧 닐 영의 음악세계가 시대를 초월한 가치를 지녔음을 대변하는 것이리라 음악을 만들고 노래하는 싱어 송 라이터의 개념을 초월하여 시대의 유산을 후대에 계승시킨 진정한 뮤지션이기에 이러한 존경과 찬사는 너무도 당연하다고 하겠다

1960년대 중반에서 현재에 이르는 반세기 가까운 세월 동안 닐 영은 '음악을 찾아 떠나는 고독한 방랑자'의 이미지로 수많은 팬들을 사로잡았으며 허무와 아픔, 사랑과 같은 지극히 인간적인 감성을 어루만져 왔다 화려한 외모나 뛰어난 가창력과는 다소 거리가 있는 닐 영이 오늘날 밥 딜런과 함께 미국 대중음악사에서 존경받을 수 있었던 것은 그의 철저한 예술가적 기질 때문이다 가슴 깊은 곳에서 우러나오는 진솔한 호소가 오히려 사람들의 심금을 울렸던 것이다

한 시대를 풍미하고 사라져간 수많은 뮤지션들이 음악으로 기억되고 있지만 닐 영은 여전히 무대를 누비는 현역이며 아직도 음악을 찾아 떠나는 여행을 멈추지 않은 방랑자이다

세월의 흐름도 막지 못한 닐 영의 뜨거운 열정은 노래의 에피파니를 타고 地上의 짐자무시 공항으로 아주 천천히 착륙하고 있다

*** History Of Neil Young

닐 영은 1945년 11월 12일 캐나다의 토론토에서 출생하였다 스포츠 저널리스트였던 아버지와 어머니의 이혼으로 인해 고독한 유년시절을 보냈던 그는 고등학교에 진학한 이후 스쿨밴드(Neil Young & The Squires)를 조직하여 숨겨진 자신의 음악적 재능을 발견하게 된다 졸업과 동시에 커피하우스와 포크음악 클럽을 돌며 경력을 쌓아나가던 닐 영은 토론토 시의 요크빌 구역의 클럽에서 조니 미첼과 스테픈 스틸스를 비롯한 준비된 거장들과 조우한다 이들과의 교류는 닐 영의 음악영역을 넓히는 계기가 되었으며 당시의 인연으로 L.A로 이주하여 웨스트코스트 밴드의 원조라 할 수 있는 버팔로 스프링필드의 핵심멤버로 자리 잡게 되었다 뛰어난 기타실력과 작곡능력을 검증받은 이 시기에 닐 영은 'Flying On The Ground Is Wrong', 'Broken Arrow',

'On The Way Home' 등과 같은 포크록의 명곡들을 탄생시키며 싱어 송 라이터로 입지를 굳히게 된다

1968년 5월에 버팔로 스프링필드는 해체되었고 닐 영은 1969년 역사적인 자신의 데뷔앨범 [Neil Young]을 리프라이즈(Reprise) 레코드를 통해 발매하였다 4개월 후 발표한 [Everybody Knows This Is Nowhere]는 닐 영의 초창기 걸작이자 포크록과 컨트리록의 새로운 장을 연 문제작이라 할 수 있다

그의 음악 여정에 중요한 역할을 했던 밴드인 크레이지 호스가 결성된 것도 이 앨범을 통해서이다 'Down By The River', 'Cowgirl In The Sand'를 비롯한 명곡들이 수록된 이 앨범은 닐 영의 음악세계에서 가장 중요한 작품으로 평가받고 있다

이듬해인 1970년, 'Southern Man', 'Don't Let It Bring You Down' 등이 담겨진 [After The Gold Rush]를 발표하여 최고의 싱어 송 라이터로 우뚝 서게 되었으며 [Harvest](1972), [On The Beach](1974), [Tonight's The Night](1975) 등과 같은 뛰어난 작품들을 꾸준히 선보였다 크로스비, 스틸스 & 내쉬와의 활동은 닐 영의 음악여정에서 빼놓을 수 없는 중요한 부분이다 1969년 우드스탁 페스티벌에서 함께 노래하였고 1970년 포크록의 명반인 [Dejavu]와 역사적인 라이브실황을 담은 [Four Way Street](1971)를 발표하는 등 위대한 뮤지션으로 손색이 없는 왕성한 활동을 전개해 나갔다

'록음악의 르네상스'로 일컬어지는 1960년대 후반과 1970년대에 등장한 수많은 뮤지션들 사이에서도 닐 영의 존재는 단연 돋보였으며 발표하는 작품들 또한 대중적인 성공과 음악적인 완성도를 동시에 확보하며 순항을 거듭했다 크로스비, 스틸스 & 내쉬의 멤버들과 재결성된 크레이지 호스가 동시에 참여한 [Zuma](1975)를 발표하여 자신의 음악적 정체성을 스스로 확인하였고 스테픈 스틸스와의 조인트 앨범인 [Long May You Run](1976), 린다 로스태트가 참여한 [American Star's Bars](1976)를 통해 다양한 음악적 결실을 이루게 된다 개인적인 음악의 한계를 주변 뮤지션들과의 교류로 극복한 것이지만 또한 닐 영의 위치가 그만큼 격상되었음을 이 두 앨범은 대변해 주고 있다

서정적인 가사와 낭만적인 선율로 가득 차 있는 [Comes A Time](1978)은 백만 장이 넘는 판매고를 기록하며 다시 한 번 닐 영의 대중적인 인기를 확인시켜 주었다 이 앨범의 커다란 성공으로 닐 영은 크레이지 호스를 대동하고 대규모 순회공연을 떠나게 된다 다큐멘터리 영화로 선보인 [Rust Never Sleeps]와 공연실황을 엮은 [Live Rust]를 1979년에 발표하여 10년에 걸친 자신의 음악여정을 되돌아보는 계기를 마련하였으며 스튜디오에서 들려주지 못한 생생한 감동을 팬들에게 전해주었다 그러나 60년대 후반과 70년대 전반에 걸쳐 성공신화를 이어가던 닐 영은 80년대 들어서 과거에 비해 다소 위축된 모습을 보여주었다 포크록의 순수한 사운드를 견지하면서도

신디사이저와 같은 첨단장비를 이용한 새로운 사운드에 눈을 돌린 탓에 자신의 음악적 정체성을 확보하지 못하였기 때문이다

[Hawks & Doves](1980), [re-ac-tor](1981)를 마지막으로 닐 영은 정들었던 리프라이즈 레코드와 결별하고 새로운 둥지인 게펜(Geffen) 레코드로 이적하여 자신의 음악 인생에 전환점을 마련하였다 자유로운 창작과 든든한 경제력이 보장 되었던 게펜 레코드 시절의 작품들은 닐 영의 팬들에게는 물론 대중적으로 크게 어필하지 못하였으나 본인 스스로 다양한 실험과 매너리즘을 극복하는 계기를 마련해 주었다

과거의 영광을 재현하기 위해 닐 영은 1988년에 다시 리프라이즈 레코드로 돌아와 [Freedom](1989), [Ragged Glory](1990)와 같은 빼어난 역작들을 발표하였다 포크록 뿐만 아니라 R&B, 블루스, 하드록 등 다양한 장르를 과감하게 수용한 이 당시의 작품들은 평론가들은 물론 닐 영의 오랜 팬들에게 강한 이미지를 심어주며 제 2의 전성기를 누리게 해주었다

70년대의 향수를 90년대에 재현한 [Unplugged](1993), 오랜 세월 동안 떨어져 있던 크레이지 호스와의 재결합 앨범 [Sleeps With Angels](1994), 펄 잼의 멤버들과 함께한 [Mirror Ball](1995) 등 90년대 들어서 닐 영의 다양한 스타일의 음반들을 발표하며 폭넓은 영역의 활동을 펼친다

얼터너티브 밴드들의 전폭적인 지지와 존경은 닐 영의 음악적 에너지를 충전시켜 주었으며 시대적인 흐름 역시 닐 영의 음악세계를 새롭게 조명하는 계기가 되었다 21세기에 들어서도 닐 영은 일말의 노쇠함을 보이지 않고 여전히 활발한 활동을 이어 나갔다 에밀로우 헤리스와 린다 론스테드가 참여한 [Silver & Gold](2000)를 발표하여 건재함을 알렸고, 2002년에는 [Are You Passionate?]를 통해 자신이 끊임없이 음악을 찾아 떠도는 방랑자임을 드러내었다

닐 영은 시대를 초월하여 존경받는 위대한 뮤지션이자 따스한 인간미를 지닌 인물이기도 하다 아프리카의 기아를 돕기 위해 'Live Aid'에 참여한 이후 'Farm Aid'를 창설하였고 언어장애 학생들을 위한 브릿지 스쿨을 세워 많은 이들을 감동시켰다 또한 부조리한 사회의 모순을 고발하여 소수의 권익을 보호하는데 일조하였으며 뜻 깊은 행사에 빠지지 않고 참석하는 등 열성적인 사회활동으로도 그는 명망을 높여왔다 수많은 뮤지션들이 등장하고 또 잊혀지고 있지만 닐 영은 우리 시대는 물론 다음 세대에도 끊임없이 회자되고 존경받는 진정한 음악인으로 남을 것이다 - '닐 영 소개말'에서

**** Heart of Gold - Neil Young

I want to live, I want to give I've been a miner for a heart of gold It's these expressions I never give That keep me searching for a heart of gold And I'm getting old That keep me searching for a heart of gold And I'm getting old.

I've been to Hollywood, I've been to Redwood I crossed the ocean for a heart of gold I've been in my mind, it's such a fine line That keeps me searching for a heart of gold And I'm getting old Keep me searching for a heart of gold And I'm getting old

Keep me searching for a heart of gold You keep me searching And I'm growing old Been a miner for a heart of gold Keep me searching for a heart of gold

나는 살아가면서 주고 싶어요 나는 순수한 마음을 찾아내는 사람으로 살아왔어요 이건 여태까지 한 번도 해 본 적이 없지만 내가 계속 순수한 마음을 찾아가도록 해주는 말이에요 그리고 난 나이를 먹어가고 있어요 내가 계속 순수한 마음을 찾아가도록 해주는 말이에요 그리고 난 나이를 먹어가고 있구요

나는 허리우드에도 가봤고, 레드우드에도 가봤어요 순수한 마음을 찾아 바다도 건넜었죠 마음속으로 생각해왔죠 그건 참 멋진 말이라고, 쉬지 않고 순수한 마음을 찾게 해주는 말이라고 그리고 난 나이를 먹어가고 있어요 난 계속 순수한 마음을 찾고 있어요 그리고 난 나이를 먹어간답니다

난 계속 순수한 마음을 찾고 있어요 당신 때문에 난 멈추지 않아요 그리고 나이는 들어가지만 광부처럼 순수한 마음을 찾아왔어요 난 계속 순수한 마음을 찾고 있어요

***** 이 글을 쓰는 지금 창문 밖으로는 올해의 첫눈이 내렸으면 좋겠어 하얀 말갈기처럼 나부끼며 말갈족의 언어로 눈이 내렸으면 좋겠어 요 며칠은 나도 모르게 하루 종일 닐 영의 노래만 부르고 있어

아 워너 리브, 아 워너 기브
아 빈 어 마이너 포 어 하트 오브 골드
잇 디즈 익스프레션스 아 네버 기브
뎃 깊 미 서칭 포 어 하트 오브 골드 앤 암 겟팅 올드
뎃 깊 미 서칭 포 어 하트 오브 골드 앤 암 겟팅 올드

하모니카를 불며 그의 노래를 부른다 넌 요즘 무슨 노래를 부르는지?

말을 보여줄게 노래를 불러줘!

---

* 강원도 정선 출생. 1990년『문학사상』으로 등단. 시집 『단편들』, 『내 청춘의 격렬비열도엔 아직도 음악 같은 눈이 내리지』, 『아무르 기타』, 『사랑과 열병의 화학적 근원』, 『삶이라는 직업』, 『모든 가능성의 거리』, 『체 게바라 만세』. sugarlessciga@hanmail.net

와유臥遊

안현미

내가 만약 옛사람 되어 한지에 시를 적는다면 오늘 밤 내리는 가을비를 정갈히 받아 두었다가 이듬해 황홀하게 국화가 피어 나는 밤 해를 묵힌 가을비로 오래 오래 먹먹토록 먹을 갈아 훗날의 그대에게 연서를 쓰리

'국화는 가을비를 이해하고 가을비는 지난해 다녀갔다'

허면, 훗날의 그대는 가을비 내리는 밤 국화 옆에서 옛날을 들여다보며 홀로 국화술에 취하리

---

* 강원도 태백 출생. 2001년《문학동네》로 등단. 시집『곰곰』,『이별의 재구성』,『사랑은 어느날 수리된다』. gomgom69@naver.com

거미줄

우대식

내 몸에서 거미줄이 묻어나왔다
가슴 부근께
열렬한 나의 욕망이 덫을 치나보다
세상의 모든 폭력이 내게 닿아 있다
하얗게 덫을 치고 당신을 기다리기로 한다
열 개의 손가락은 다리가 된다
더듬는다
감각의 제국에서 당신을 감각한다
어깨 너머
독이 고여 있다
치명적인 즙을 한 번 쓱 핥아본다
당신께 건네는 마지막 잔
세상은 이미 없는 것이었으므로
조심스럽게 흰 줄을 타고 당신에게 간다
흰 덫이 온통 비를 맞아
물방울을 달고 있다
조금은 춥고 쓸쓸한 날들
감각이 더 예민해진다

팽팽한 추억의 틈새로
아직 비가 내리고 있다

---

* 강원도 원주 출생. 1999년 《현대시학》등단. 시집 『늙은 의자에 앉아 바다를 보다』,『단검』, 『설산 국경』. wds1592@naver.com

통증

이영춘

아이 하나 데리고 이혼한 제자에게서 문자메시지가 왔다

"선생님, 슬퍼요, 세상이 너무 슬퍼요
 어쩌면 좋지요?"

나는 할 말을 잃고 얼른 버튼을 누른다
메시지를 '삭제'하시겠습니까?
예-

제자의 목소리 지워버렸으나
액정 화면보다 더 큰 통증이
내 가슴 속에서 자꾸 소리를 낸다

"아파요, 세상이 너무 아파요!"
어떻게 살아야 하나요?

하늘이 안 보여요
하늘---이---

---

* 강원도 봉평 출생. 1976년《월간문학》으로 등단. 시집『노자의 무덤을 가다』외.
lycart@hanmail.net

동강할미꽃

이홍섭

마흔 넘어 낳은 늦둥이 아들놈 보고 싶어 태권도 학원에 갔더니 계단을 내려오던 조무래기 한 놈이 "할아버지세요?"라고 물으며 빤히 쳐다본다. 창졸간에 한 세대를 건너고 보니 지나온 세월이 꽤 무상하기는 한 것이었다.

절벽 끝에서 처녀보다 더 빛나는 동강할미꽃도 자기 이름을 처음 불러준 이가 참으로 미웠을 것이다. 미워서 맑디맑은 동강에 얼굴을 비추고는 동강처녀꽃, 동강처녀꽃 하고 수없이 되뇌었을 것이다. 되뇌이다, 되뇌이다 처녀보다 더 빛나게 되었을 것이다.

---

* 강원도 강릉 출생. 1990년 《현대시세계》로 등단. 시집 『강릉, 프라하, 함흥』, 『숨결』, 『가도가도 서쪽인 당신』, 『터미널』. leehongsup@hanmail.net

무심코 정선

전윤호

뭐 후회한다고 그때가 돌아오나
젖은 눈을 가진 계집애들은
먼 데로 혼처를 찾아 떠나고
탄처럼 시커멓던 사내놈들은
타관을 떠돌다 늙어
배불뚝이가 되었다
다시 찾아온다고 옛사랑이 기다려주나
불빛이 제 몸만 간신히 밝히는 공설운동장에서
토끼처럼 떨며 입 맞추던 애송이들
어디로 갔나 배신에 울면서
친구에게 주먹질하던
도무지 어른이 될 것 같지 않던 천둥벌거숭이들
친절하지 못한 미래를 욕하며
함부로 침을 뱉던 골목은 사라지고
우산을 펼친 시장엔
검은 비닐 봉다리 하나씩 들고
낯선 사람들이 웃고 있는데
역전으로 가는 강가에 묶인 배처럼 흔들리며
너를 생각한다고 그 때가 돌아오겠나

---

* 강원 정선 출생. 1991년《현대문학》으로 등단. 시집『늦은 인사』외. poet91@hanmail.net

음유시인과 놀다

조성림

고향이 남쪽바다 끝자락이라는,
삶의 주 무대가 인사동이라는
오래전부터 옥탑방에서 구름과 같이 산다는 그가
인생 달관한 기타 하나 둘러메고
눈썹 끝에서 반짝거리는
속초 바다에 나타났다

한때는 소양강이 들어차는 학교에서
아이들에게 국어를 가르치기도 했다는데
고색창연한 세월은 흘러가고

밤새 여름바다에 떠서
시를 읊고
기타와 한 통속으로
신파조 노래에 한없이 파도쳤다

아침에는
금빛 햇살을 털며
아바이 마을 갯배를 아프게 건너기도 하고
푸른 바다를 눈썹에 얹으며

낮술에 젖은 채

갈매기와 함께 끝없이

남쪽바다에 가 닿고 있었다

---

* 강원도 춘천 출생. 2001년 『문학세계』 신인상. 시집 『지상의 편지』, 『세월 정류장』, 『겨울노래』, 『천안행』, 『눈보라 속을 걸어가는 악기』. csl4793@hanmail.net

능소화

최돈선

주황빛 몸을 아래로 아래로
낮춰
……
고요히 고개 들어 허공을
떠받드는 꽃

---

* 강원도 홍천 출생. 1969년《강원일보》, 1970년《월간문학》, 1971년《동아일보》로 등단. 시집 『칠년의 기다림과 일곱 날의 생』, 『허수아비사랑』, 『물의 도시』, 『나는 사랑이란 말을 하지 않았다』 외. mowol@naver.com

유형지

한승태

얼른 죄짓고 싶었다

그토록 내가 원했던 것은
아마 삼십 년도 넘었을 것이다
간단하게 내 삶의 내력 같은

갈대로 집 짓고
갈대로 뜨개질한 모자 쓰고
문명과 황금에 눈먼 자들을 피해
스스로 눈감고 귀 막은 유형지
해발 4000고지의 티티카카나
남해하고도 금산 어느 절도絶島
강원 산간 어디쯤

낭떠러지에 와
삶이 질서정연해지고
강과 폭포가 목을 넘어와 온통
젖살이 돋고
푸른 내세來世가 굽이쳤다

---

* 강원도 내린천 출생. 1992년《강원일보》신춘문예, 2002년《현대문학》신인상.
hanst68@hanmail.net

2부 A4 동인들의 시와 노트

권준호 _ 꽃노을을 삼켰다 외 2편
김창균 _ 그림자에 와서 죽다 외 3편
김춘배 _ 바람 외 2편
민왕기 _ 간절 외 2편
박기동 _ 태생적 한계 외 3편
박제영 _ 배반하면 죽는데이 외 3편
송병숙 _ 낙화 외 3편
이규호 _ 이유 외 3편
이상문 _ 달에 관한 과학적 지식 외 2편
이향숙 _ 46년 화단 명퇴식 외 3편
전형근 _ 15cm 외 2편
정현우 _ 가난 외 3편
조현정 _ 초록 신발 외 3편
허림 _ 광천 새우젓 외 3편
허문영 _ 시작詩作 1 외 3편
황순애 _ 안부 외 3편

권준호

김창균

김춘배

민왕기

박기동

박제영

송병숙

이규호

이상문

이향숙

전형근

정현우

조현정

허 림

허문영

황순애

권준호

강원도 춘천 출생. 시집 『고로쇠노동조합』, 『금붕어꽃』. gunjuno@hanmail.net

시작노트

내일 여행 간다.
가슴 통증이 가시질 않는다.
불안하다.

꽃노을을 삼켰다

끝인가 하면 나타나는 이 길도 길
기러기 울며 강을 건넌다
길 아닌 길 없는
새들은 눈물을 흘리지 않는다
눈물은 삼키고 삼키다
무거워 날기 힘들 때
소리 내어 토해야 한다
열기구의 모래주머니처럼
비로소 비워야 가벼워지는 것이다
기러기는 북산 너머 떠나고
토해놓은 눈물들이
저녁하늘, 꽃으로 번졌다
술을 마시다 그 꽃을 삼켰다
나도 토했다
괜찮다
결국 괜찮지 않다는 말이지만
다시 어둠은 별을 토하고
싸락싸락 반짝이는 별들이 모두 등대다
모두 봄을 향해 손짓하고 있다

재미없는 날

월요일 조조영화를 보고 나왔다
이제는 재미없는 영화도 고맙다
주인공은 홀로 길을 떠나고
마지막 장면은 골목으로 이어졌다
봄빛이 보배롭게 펼쳐진 골목길
담장 밑에 누운 개 한 마리가
실눈으로 잠시 나를 살핀다
시큰둥 꼬리 한 번 흔들고
긴 속눈썹으로 햇살을 거른다
게슴츠레 골목은 따스하다
(너도 누가 잡아먹을지 몰라)
다시 힐끗 눈동자는 말한다
(너는 지금 살아 있니?)
봄풀 올라오는 소리
봄풀 꿈틀대는 소리에만
귀 열어놓고 있던 녀석이
이미 내 속을 다 들여다봤다
3월의 골목 끝, 젖빛 목련

별을 켜는 밤

3월 봄밤
지구 불 끄기 행사에 동참하기로 했다
별들이 술렁거릴 것 같다

사람은 신을 만들고, 신은
착한 짐승의 언어와
노래하던 꽃들의 목소리를 거두어 떠났다

다시 사람은 신을 만들고
별들은 빛을 잃기 시작했고
다시 사람은 신을 만들고

지하실 불을 껐다
이처럼 순연한 어둠은 본 적 없다
어둠 속에 나를 녹여본다

시간의 길이도 지워지고
동서남북도 지워지고
몸도 지워진 것 같다

문이 어느 쪽이었지?
벽을 더듬다 잡힌 막대기로
암흑 속을 찔러댄다

막대기가 너무 길다
팔을 벌려 잡고 허벅다리로 내리쳤다
우두득, 작대기 속에서 별들이 쏟아졌다

밖에 비밀이 드러나고 있을지 모른다
착한 짐승과 예쁜 꽃들은 알고
우리가 모르는 신의 비밀

김창균

강원도 진부 출생. 1996년 《심상》으로 등단. 시집 『녹슨 지붕에 앉아 빗소리 듣는다』, 『먼 북쪽』. muin100@hanmail.net

시작노트

세상은 처처에 그늘이 만발이다. 꽃이 만발해도 시원찮을 판에 그늘이 만발이라니! 그나마 내 안에 있던 타자를 몰아내며 통곡도 할 겨를 없이 또 다른 그늘이 덮친다. 권력은 드러내놓고 폭력을 행사하고 나를 비롯한 소위 지식인들은 침묵하는데, 하루에도 개같은 세상이라고 몇 번을 중얼거리다 저녁을 맞는다. 조율되지 않은 현 소리처럼 불협하는 시대여, 제발 이제는 멈춰라. 그만 멈춰줘라.

올 겨울도 무지 추울 것같다. 멀미나는 한 시대를 벗고 이제는 옷을 갈아입을 때. 맘껏 욕설을 뱉어도 좋을 때.

그림자에 와서 죽다

큰 창을 가지고 있다는 건 유혹하기 좋다는 것.
창이 큰 집으로 이사 온 후
몇 차례 새들이 창에 머리를 찧고 죽었다
창에 비친 나무와 숲 그림자에 앉으려다
헉. 허상임을 알아차린 순간 영면이다

빛이 찬란한 날은
그림자도 그늘도 맑아
죽기에 좋은 날

어떤 날은 숨이 미쳐 떨어지지 않은 새를 물고
들고양이가 뜰을 빠져 나간다
그에겐 뛰어들 그림자가 없다
의지보다 먼저 야생에 닿기 위해
그림자가 없는 쪽으로 기운 것들

술 취한 인형들이 창 안에서
창밖을 오래 내다보며
창에 비친 그림자와 멸망 직전의 그림자에
손톱자국을 낸다
야생을 밀어낸 자국이 깊다.

수박씨를 추억함

국도변에는 허가받지 않은 것들이
즐겁게 즐겁게
수시로 태어났다 명멸했다

옥수수 수염이 말라가는 계절
감자며 삶은 옥수수를 팔던
도로변 천막 상점들과
도시의 기원인 달동네가 수시로 철거되었다

그 가을
나는 폐허의 다리 아래 쭈그리고 앉아
달의 이면 같은 가짜 미끼로
수박 향 가득한 은어를 낚아 올렸다

그리고 수박씨 뱉듯
퉤, 퉤
멀리까지
욕설들을 뱉어내었다.

정전

신나게 춤을 추다가 그대로 멈춰라

어둠이 비로소 어둠다워진 후
서로의 목소리를 전원 버튼처럼 누른다
소리가 소리에 닿아 서로를 알아보는 순간
안과 밖이 모두 평등하여 구분이 없어지는 순간
이 순간은 내란이고 음모이다
단지 목소리 하나로 그대에게 닿는 이 시간을
나는 절정이라 부르고 싶다
너를 향하던 주먹질이 너에게 닿지 않고
너를 바라보던 눈동자가 툭 꺼질 때
무리를 이탈했다 돌아오는 짐승처럼
전기가 나가고 정신이 나간 시간은
무엇이든 전복하기 좋은 불안한 시간

그러니
공화국이여,
너에게로 가는 길이 온통 망설임뿐인
공화국이여

신나게 춤을 추다가
그대로 멈춰라.

백일 동안의 그늘

집을 짓는 일은
마음을 짓는 일이라고 어떤 선배는 말했다.
그러나 마음을 헐어 겨우 집 한 채 짓고
뜰에 배롱나무 한 그루 들인다
무어 감출 게 그리 많은지
이름을 몇 개씩이나 가지고 있는 그 나무
어떤 이는 백일홍나무라하고,
어떤 이는 배롱나무라하고
어떤 이는 간지럼나무라 한다.
한 번 꽃 피면 그늘도 백일 동안 붉어 발밑이 환할 터.
그 백 년도 아니고 백 일을 살다간 꽃그늘 아래
이편에 서 있는 나와
저편에 서 있는 아내가
서로서로
부끄러운 얼굴 반씩 가리고도 남겠다.

김춘배

강원도 춘천 출생. 강원대학교 미술교육학과 서양화 전공. 개인전 5회. 각종 그룹전 수십여 회. 시동인 풀잎 활동. beller@hanmail.net

시작노트

느닷없는 일들의 연속으로 피로가 낙엽처럼 누적된 채 가을마저 보내고 간신히 부여잡은 손아귀를 놓는 심정으로 한 해의 끝을 준비한다. 화실에서 가까운 춘천교육대학의 캠퍼스로 산책을 나가는 일이 새로운 취미거리가 되던 시간들. 그곳에서 만나는 바람과 생각들은 커피향 짙은 사색 같은 것이 아니라 뭔가 엄습해 오는 불안, 공포 그런 것들이었다. 그것은 온갖 알리바이로 버텨온 내 부족함들 잘못들 등으로 인한 잡념들이 변한 괴물로 시달린 것이 아닌가 한다.

정신 아득할 정도의 충전充電을 위해서 한겨울 무엇을 어떻게 준비해야 할까……

바람

사월의 바람은 미친바람이고
시월의 바람은 위험한 바람이다

— 푹푹 찐 후 식혀서 도마 위에 올려진 존재여

어떻게든 칼질을 당할 것이며
어떻게든 갖은 양념으로 버무려질 것이다
그리하여 저 영겁의 입속으로 들어가면 소화되어
소멸될 것이다 존재는
그냥 하나의 바람으로
흐를 것이다 알 수 없는 비애와 함께
꿈꿀 것이다

파충류가 기어오르듯
소매를 파고드는 스산함은
무언가를 깨닫는 것이 이처럼
섬뜩할 수 있다는 것을 일깨우는 것 같다.

시월의 바람은 그리하여
회억의 상흔을 갖고 있는 자에게
치명적이다
토막난 시신으로

아득히 흩어지는 그리움의 춤사위이다.

가을날의 현장검증 2

해가 갈수록 체중이 줄어드는 가을이
수척한 몸을 어둠 속 깊이 숨기며
물방울을 장전한 추억의 자동화기로
일상의 차창유리에 대고 황금총알을 무차별
난사하는 아침출근길, 마침 드라이브를 즐기던
새벽의 화장 지워진 얼굴이 목격하고
황급히 수풀 속으로 달아났다
하나의 사건이 떨어뜨린
우주 한 덩어리를 견디느라
더욱 가늘어진 허리의 코스모스 서글픈 안색이
냉소의 깃발을 흔들어대며 야유하는 국도를 따라
스냅사진처럼 나타나는 강물의 조각들 위에
물안개, 갈대머리 모양으로 휘어진 몸을
경직시킨 채 묵묵히 증언하고 있다
점점 짧아지는 사유思惟의 꼬리를 무슨 희망처럼
밤사이 붙잡다가 피 흘린
그리움의 눈 시린 현장을

그해의 노란 비망록

그해 봄은 정말 진지하게 오고 있었고,
개나리도 모처럼 오래 자리했었다.
그런데 개나리는 지지 아니하였다.
철쭉꽃 밀어내고
온 나라 지천
노란 리본으로 덮어버렸다
바닷속으로 스러져 간
꽃다운 목숨들이
개나리, 개나리로 피어난 그해 봄
내내 여름이 오는 걸음을 막았다.
내 일상의 화폭에 노란 붓질하기도
차마 두려웠다
은행잎 노란 눈물 날리기까지
개나리는 온 생의 벽화로 남게 될까
저마다의 가슴에 달린
미안한 마음들
노란 비망록의 한 페이지를
바람에 날리고 있다.

민왕기

강원도 춘천 출생. 단국대 영문학과 졸업. camus23@naver.com

시작노트

시는 어때야 한다는 것이 이제 내겐 없다. 스무 살 적의 유미주의도 없다. 책장이 너덜거리도록 읽는 시집도 없다. 백석에게도, 김훈에게도 열광하지 않는다. 뛰는 것이 좋다. 최근에는 철인 3종을 심각하게 고민했다. 다만 이상하게 프로야구가 더 재밌어지고, 월화드라마가 기대되고, 대중가요를 흥얼거리는 날이 많다. 그리고 아이들이 유치원에서 돌아오기를 기다린다. 밥 해 먹이고 목욕시키고 같이 놀면서 녀석들이 행복해하는 것이 나는 너무 좋다. 철학에 대한 관심도 사라졌다. 이를테면 체인지업이나 슬라이더를 던지는 법을 골똘히 생각하다 글러브와 공을 들고 공터에 나가는 일에 취미를 붙였다. 텔레비전을 보다가 아직도 굶는 사람이 있고 거기에 별로 관심이 없었다는 사실에 조금 놀라기도 한다. 기자생활을 때려치우고 나니 정치가 다시 보이고 군소정당에 다시 희망을 건다. 외출도 하지 않으면서 와이셔츠와 바지를 다려입는다. 머리는 염색하고 날마다 수염을 깎고 로션도 정성껏 바른다. 요리에 대해서도 고민한다. 좀 독하게 써야 하는 데 그러고 싶은 마음이 좀체 일어나지 않는다는 얘기를 이렇게 길게 쓴다. 언젠가는, 이라고 나는 미련을 둔다. 독하진 않지만 꾸준히 뭔가를 생각하며 쓰고 있다는 것만이 유일한 확신이다. 은근, 이라고 나는 말해둔다.

간절

뉴스는 간절곶에서 가장 먼저 해가 떠올라, 가거도에서 가장 늦게 진다고 전한다

기다리던 소식은 늘 오지 않았거나 지나가 버렸고
홀가분한 방이 하나 있어 난로에 물이나 끓이며 살고 싶었다

무엇을 멀건히 기다리며

그저 황석어젓이거나 멸치젓 같이 소금에 푹 절인 것이 간절이다, 간절 아니다, 어근이나 어육을 생각해보고 싶었다

간절을 간절 아닌 다른 말로 바꿔 써보다가, 수천 년간 말의 내력이 있어 간절은 오직 간절로만 간절하다

그리하여 지금 간절곶의 해가 여기를 지나 가거도로 가고 있다는 말만으로도 서글퍼진다

그 말은 동쪽 사람들이 붙인 이름을 서쪽 사람들이 붙여준 이름으로 달래고 있다는 말

동쪽이 전하는 엽편을 서쪽이 받아서 우는 종일이 있겠다

뉴스는 날씨를 전하고 간재미 같이 짠 방에 물이 끓는

저녁의 그만

다 그만 두고, 불 때는 집으로 가 저녁을 돕는다

아궁이 하나에 방 하나,
아궁이 두 개에 집 한 채

할머니의 부엌에 가 앉아 불을 거들면, 문 밖에는
얼마나 큰 하늘 얼마나 큰 연기

서쪽으로도 아득히 휘어서, 세상에서 가장 서글픈 표정을 하고 있다

그리 저녁연기는 휘돌아 가련, 소슬히도 휘돌아 아주 멀게 저녁을 끌고 가련

소처럼 길게 울고, 양처럼 가늘게 울어도
멀리만 멀리만 가련

소반에 올라오는 밥 한 공기 바라보고, 속절없이 슬퍼지고
이제는 비로소 다 그만두고

그 집에 아랫목에 적막이 몰려와 상을 물리면, 큰 별 몇 채 내려와 대신 울어줄 것 같다

이 봄 한 계절은 다른 것 다 그만두고, 저녁연기는 어느 하늘 미어지는 쪽으로 멀게 멀게 가버린다

꽃잎3

— 실투

제1구와 제2구의 사이, 나는 슬라이더를 예상하고 너는 체인지업을 예상한다

생각으로 무성해지는 봄날의 공놀이

실언처럼 정중앙으로 쏠리는 제구 안 된 직구, 타자는 크게 휘두르고 이 역시 헛스윙이라면
그깟 공놀이, 무안해지는 마음의 축제

제3구는 지켜보고 제4구 딱 하고 쳤을 때 투수 쪽으로 강습하는 타구, 마운드를 튕기고 크게 솟아오르는 우아한 곡선, 이럴 수가

불혹의 투수가 던지는 너클볼, 그건 마구와 같았는데 왜 맞았을까

해설자는 잘 던지고 잘 쳤다는데, 이깟 공놀이, 그게 말이 되나

봄날의 여의도, 말을 노리고 있는 정치인들, 이리저리 찔러보는 정치부 기자들, 그깟 말놀이
제구 안 된 실투가 들어오면 모두들 좋아했지, 꽃잎을 본 것처럼

인생 모두가 실투라던 사람과 앉아있는 오후의 윤중로, 관전평을 얘기하는 오후
저 꽃들도 다 실투인 것처럼, 그저 그런 꽃놀이

박기동

강원도 강릉 출생. 1982년 《심상》으로 등단. 시집 『漁夫김판수』, 『내 몸이 동굴이다』, 『다시, 벼랑길』, 『나는 아직도』. phdong@kangwon.ac.kr

시작노트

나는 노새다. 암말과 수탕나귀 사이에서 난 나는 오로지 태생적 한계(세계?)를 벗어나지 못한다. 혹간 성공하기도 한다지만 F1대를 상상하지 못한다. 나만 노새가 아니라 도처에 노새가 있다. 이름하여 체육특기자. 겨울스포츠로 한정한다면, 김연아와 이상화, 심지어 안현수도 노새이다. 노새는 다음 생을 기약하지 않는다. 그야말로 태생적 한계를 짊어지고, 태생적 세계를 상상해야 하고 그려가야 하는 것이다.

나는 노새다. 경계에서 이쪽과 저쪽의 풍경이나 이야기를 다룰 수 있을 만큼. 구체적으로 말하면 '체육특기자'라는 말이나 규정들이 생기기 직전, 그러니까 1971년에 대학을 입학하였으나 실제로는 특기자의 혜택이나 취급을 받았다고 짐작되는 점에서 나는 노새다.

태생적 한계(세계)

노새는 태생적 한계를 가지고 있다.
노새의 한계는 태생적 세계이기도 한 것이다.

미국 프랑스 중국 등에서 많이 키운다는 노새
노새에게 짐을 더 지워

나는 삶의 벼랑에 핀 꽃이다. 너를 꺾어라!(189)
이성복의 아포리즘에서 따 왔다.

山羊

돌각담에 맞게
발달한 발바닥
근육, 그리고 눈

내 주변은 돌각담이 뜻밖에 많다.

꽃은 꽃이다

— 방화계_곡운구곡 제1곡

꽃은 꽃이다.
봄이 아니어도 꽃은 꽃이다.
심지어 바위 그루터기에서도 피어나는 꽃
꽃은 꽃이다. 필경
말 타고 다녔을 茶山의 행로에도
꽃은 피고지고
춘천시와 화천군의 경계마저
꽃은 피고지고

꽃만 꽃이 아니다.
낙엽은 낙엽으로 꽃이다.
상상만으로도 호벅지는 꽃이다.

돼지감자

감자는 감자, 돼지감자
먹지도 않는 돼지감자
잘 먹지도 않는 돼지감자
못생겨서 돼지일까?
하찮아서 돼지일까?
감자는 감자, 돼지감자

박제영

강원도 춘천 출생. 1992년 《시문학》으로 등단. 시집 『식구』, 『뜻밖에』 외.
sotong@naver.com

시작노트

비장함이라든지 비극미라든지를 이제 걷어내기로 한다. 문학적으로 예술적으로 미학적으로 형식적 완성도를 추구하는 작자들이 시에 관한 한 오히려 사이비에 가깝기 일쑤. 오로지, 오롯이 세상의 가장 낮고 어둡고 슬프고 더럽고 춥고 가난한 삶에서 오히려 높고 밝고 기쁘고 깨끗하고 따뜻하고 부유한 어떤 '긍정' 혹은 '웃음'을 건져내거나 발견해내는 데 집중하기로 한다.

세상에는 부자보다 빈자가 넘쳐나고, 밝음보다는 어둠이 더 깊고, 기쁨보다는 슬픔이 웃음보다는 울음이 넘쳐나지만 그래도 사람들은 산다. 가난 속에서도 어둠 속에서도 슬픔 속에서도 울음 속에서도 사람들은 산다. 그들을 지탱해주는 어떤 '긍정'과 '웃음'이 있기 때문이다. 시는 군불 같은 것. 국밥 같은 것. 오징어 땅콩 같은 것. 긍정에서 부정을 만드는 억지가 아니라 부정에서 긍정으로 나아가는 해학이며 위로가 되어야 한다.

섣부른 깨달음을 이제 걷어내기로 한다. 다만 시장에서 골목에서 길 위에서 만나고 부딪치는 저 순박한 삶에, 저 어눌한 말에 좀 더 귀를 기울이기로 한다. 누군가는 면벽수도로 예지와 잠언의 시를 만들고 누군가는 훌륭한 스승의 가르침으로 정교하고 세련된 시를 만들겠지만, 나의 시는 오로지, 오롯이 사람 사이를 걸어서 탁주에 얹혀 안주 삼을 수 있는, 정구지 부침 같은 것. 투박하다 못해 詩답잖은 그런 시 하나 건져 올리는 데 집중하기로 한다.

배반하면 죽는데이

우리 좀 더 솔직해지자. 당신이 그녀를 배반하지 않았다면, 평생의 동지였고 애인이었던 그녀를 배반하지 않았다면, 당신이 전임강사가 될 수 있었을까? 그렇다고 당신을 비난하려는 건 아니야. 나도 당신을 차지하려고 옛애인을 배반했으니까. 언젠가는 우리도 서로를 배반하게 되겠지? 새로운 애인을 만들고 그 만큼의 허기를 채우겠지? 그래 어쩌면 배반이야말로 삶의 동력이고 역사의 동력일지도 모르겠다.

모잡지에 보낼 요량으로 단편소설을 하나 끄적이고 있던 건데, 원고를 들여다보던 아내가 웃으면서 한 마디 던진다

이 뭣꼬!
당신, 배반하면 죽는데이!

내 젖이 참젖이여

횡계사거리 국밥집 두 아지매
부산에서 어찌어찌 흘러서 이곳 횡계까지 왔는데
고향붙이라고 언니동생으로 산 게 이십 년이라
어찌나 서로 살가운지
친자매도 그런 친자매 없고
부부도 그런 부부 없는 기라
과부 아지매들 입심은 또 얼매나 찰진지
국밥보다 두 아지매 이바구 들으러 갈 때도 있어야
어제 낮에도 그랴
국밥 하나 말아갖고 와서는
아고 동상, 궁상맞게 혼자 먹어서야 쓰나
두 아지매 떡 하니 밥상머리에 앉더라구
아예 내 국밥을 안주 삼아 주거니 받거니
소주 세 병을 게 눈 감추듯 해치우더니
불콰해진 두 아지매 그러는 거 아니겠어
동상, 오늘 함 주까?
동상, 그라믄 내도 주께
저년 젖은 물젖이니까 보도 말어 쪼매해도 내 젖이 참젖이다 안카나
백주대낮에 두 아지매 젖을 훌러덩 까보이는데
환장하겠더라고
암만? 정히 못 믿겠거든 횡계사거리 국밥집 가보더라고

지가 넘사시러버 그캐도 짠한 거지라

중학교 1학년 겨울방학 때였지라
길음시장인가 지하 단칸방서 화장실도 따로 없어가 요강에 오줌을 누던 시절이지라
큰아, 니는 문단속 단디하고 새벽에 아궁이 연탄 꼭 갈아야 한데이, 알았제?
그렇게 엄니캉 아부지캉 정선 외할매댁에 댕기온다며 가신 긴데 그만 사단이 난 기라
새벽에 뭔가 얼굴을 문질러대서리 식겁해가 잠이 깼는디
문디 가시나가 내 이마에 오줌을 누고 있는 기라
근데 가만 본께 야가 눈은 반쯤 풀리가 홍알홍알 거리는 기라
난리났다 싶어가 형아를 깨우는데 글쎄 야도 인사불성인 기라
주인집으로 뛰가 연탄가스 마셨다꼬 살리달라꼬 쌩 난리 부르스를 쳐서리
형아도 가시나도 용케 목숨을 건진 긴데
지금도 생각하면 넘사시럽고 짠한 기라
가시나가 내 대굴박에 오줌을 눠가 망정이지 안 그라믄 다 죽었지라
엄니 울고불고 아부지 결국에는 딸라 빚 내가
겨우겨우 화장실 딸린 방 두 칸짜리 전세로 옮긴 기
다 그케 된 사연이지라
지난 설인가 추석인가

봐라, 내 대굴박에 오줌 눈 거 느그 아덜한테 얘기해주까 했더니
어데, 내 모른다 생각 안 난다 가시나가 그캤지만
지가 넘사시러버 그캐도 맴속으론 짠한 거지라

어디선가 누군가에 무슨 일이 생기면 틀림없이 나타나는 춘배 옵빠

— 김춘배 형을 위한 남녀 혼성 울트라 짬뽕 뽕짝 트로트

어디선가 누군가에 무슨 일이 생기면
짜짜짜짜 짜 짱~가
틀림없이 나타나는 춘배 옵빠

춘배 옵빠 어릴 적에 소아마비를 앓았다네
춘배 옵빠 걸음을 잃고 청각도 잃었는데
나는 옵빠의 울음을 본 적이 없다네
옵빠의 장애를 본 적이 없다네

날아라 수퍼맨 무쇠팔 무쇠다리
춘배 옵빠에게는 아무 일도 아니라네

짜라투스트라 오! 나의 짜라투스트라

춘배 옵빠가 오히려 나의 눈물을 닦아주네
옵빠의 그림은 소리 없는 저편의 세계에서 완성된 마법
옵빠의 그림이 내 시의 불필요한 울음과 소음을 치유해주네
당신의 아픔을 어루만지네

옵빠는 풍각쟁이야 무어~
옵빠는 심술쟁이야 무어~
악당들이 제 아무리 떠들어도 소용없다네

어디선가 누군가에 무슨 일이 생기면
짜짜짜짜 짜 짜~라, 삼발이 오토바이 짜라를 몰고
틀림없이 틀림없이 나타나는 춘배 옵빠

옵빠는 춘천의 짱가
나의 영원한 울트라 수퍼맨이라네

송병숙

강원도 춘천 출생. 1982년 《현대문학》으로 등단. chohyang@hanmail.net

시작노트

산신과 호랑이

조선시대 호랑이와 신의 관계는 항상 불가분의 관계였다. 호랑이를 산신으로 여기기도 했지만, 산신을 표현할 때면 항상 인간의 모습을 한 산신과 호랑이를 함께 그렸다. 시와 시인의 관계 또한 그러하지 않을까. 메타포나 심볼, 감정이입을 하더라도 시는 그 시를 쓴 시인의 또 다른 모습일 것이다.

내 시는 내가 살아온 족적이며 그리워하고 사랑했던 것들이 투영된 거울이다.

근래 나는 집중하지 못한다. 순간순간 느끼고 떠오르는 것들이 한꺼번에 오거나 순서를 바꿔오는 바람에 사레가 걸리거나 구토가 날뿐이다. 기억은 감정을 미처 따라잡지 못하여 허겁지겁 메모장을 찾지만, 그것이 시라는 형태를 띠고 세상에 나오기까지는 거친 줄기를 다듬고 가지마다 색깔을 칠하고 음악을 입혀야 하며, 한 사흘 메타포에 푹 절여야 한다. 그렇게 한 그루 나무가 완성이 되어도 나는 그것들을 떠나보내지 못한다. 며칠간 붙들고 있으면 어느새 나도 그곳에 묻혀 다른 것을 보지 못하기 때문이다. 기다릴 만큼

기다리고 다듬을 만큼 다듬어야 비로소 떠나보낼 준비를 한다.

하지만, 기회를 잡지 못해 이미지를 놓치거나 메모로 생각을 붙들어 놓아도 그저 낙서로 남아 있는 것들이 대부분이다. 그래서 나는 늘 생기다 만 시의 씨앗을 한 톨씩 화폭 위에 띄워 놓고 시간을 쪼개 이리저리 돌려가며 살펴보는 것이다.

내가 제일 싫어하는 것이 백일장이다. 순간의 감정을 독수리같이 포착해서 벌처럼 쏘아야 하는데 그게 그리 쉽지 않기 때문이다. 잡고나면 맛이 없거나 알맹이가 없거나 진한 국물을 우려내기가 어렵기 때문이다.

나는 본다. 보는 것에 몰두하면 한 개의 낱말이나 문장이 나를 데리고 미지의 세상으로 날아가 우주의 구석구석을 연체동물처럼 유영하게 한다. 한 번 시작하면 날을 새우기가 일쑤인데 그것은 부조리한 사회현상에 핏대를 세우기보다는 상상 속으로 안내하는 형체 없는 것들과 노니는 것을 더욱 즐겨하기 때문이다.

시를 다듬는 시간은 나를 잊고 또 다른 나를 찾아 떠나는 여행이다, 주로 가는 곳은 어린 시절 고향집이거나 어려서는 무뚝뚝하고 무서워 쉽게 다가가기 어려웠던 어머니나 늘 살갑던 아버지의 시간 속으로 떠나가 있으며, 더 커서는 약하디 약한 한 여자와 한 남자, 그리고 가여운 존재인 피붙이로 귀착되는 것이 대부분이다. 젊은 시절 전부를 던져 사랑했던 사람과 함께 했던 동해 바닷가나 설악산, 화암사 주위를 맴돌기도 하는 데 시를 쓴다는 것은 자기 안의 또 다른 자기와의 여행이라고 하겠다.

나는 시인이다. 시하고 놀 줄 아니까. 시하고 노는 걸 즐거워하니까.

과거도 그랬고 현재도 그렇고 미래도 그럴 것이다. 그러나 지상을 쿵쿵 울리는 섭리의 피조물. 때가 되면 나도 가야한다. 가야할 것을 알지만 가슴으

로는 다가오지 않아 수시로 의도적으로 세뇌한다. 이건 순전히 나이 탓이다. 뜨거운 연애와 가슴 저미는 이별을 지나 때가 되면 낙화처럼 떠나야하는 숙명이며 자연, 존재의 본질에 내 눈은 꽂혀있다.

인간의 활동이 활발해지는 인시寅時의 단수화된 역사에서 과거로의 회귀라고나 할까. 어찌됐든 내가 극복해야 할 것은 좀 더 단순해지고 좀 더 구체적인 것이 되어야 한다는 것이다.

낙화

문득,
꽃이 지네

두 손바닥을 오므려 가까스로 받아 낸
한 줌의 목숨
지나던 바람이 숨을 죽이네

아직 체온이 따뜻한데
다음 생으로 건너가는 망자의 발자국 소리가
쿵쿵 지구의 한 끝을 울리고 있네

뿜어 낼 것을 모두 뿜어내는 벚나무들은
온종일 소신공양으로 눈물겨운데

두 눈 번쩍 뜨곤
두리번거리던 엄마
팽팽하게 선회하던 시선이
툭
하고 끊어지네

꽃인지 바람인지
눈물인지 티끌인지 산산이 흩어지고

참 아프네

붓다의 창문 밖에선
오랜 섭리대로 눈물자국에 일일이
은결진 등불을 밝힌다 해도

우멍한 명치끝으로
문득 문득,
꽃이 지네

평생,
그러하네

MY REASON, 그리고, 발자국 소리

삭아 내린 기와지붕을 온몸으로 받치느라 허리가 구부정한 소나무 기둥엔 아직도 바람이 부는 거울 하나 기대어 산다. 녹슨 대못이 살 속에 박혔어도 제 살인 양 단단히 끌어안은 채 상처를 용서하는 동안 지상에선 세월이 나이를 먹고, 목화꽃 같던 어머니가 솔가지를 꺾어 새벽밥을 지으시면 오줌을 참으며 아랫목으로 파고들던 두둑뿌리 고향집, 새말 모래사장에 갈대꽃이 면사포처럼 휘날릴 때 사춘기는 통통배를 타고 안개 속을 출렁거리더니 입술연지 같은 노을이 질펀한 강가에서 첫사랑은 영화처럼 가고, 파도에 부서지는 달빛 아래에서 세레나데를 부르던 키 작은 사내 뒤에서 딴청을 피우며 숨을 죽이던 봄날은 아직도 잘 익은 매실청 같은데, 어느덧 바람에 툭툭 부딪치는 거울 속 나를 지나 싸늘하게 돌아누운 당신, 아침마다 분을 바르고 립스틱을 덧칠해도 막무가내로 손찌검을 하는 당신. 거울이 몇 번씩 뒤집어지는 사이 바람이 그치고 저벅저벅 다가오는 당신의 씩씩한 발자국 소리

박수근 화풍 속으로

어머니가 납작한 그림 속에서 일어나 배추 장사를 가신다. 먹다 남은 보리밥을 뜨거운 배춧국에 말아 드시고 통통배 타고 가신다. 근화동 골목을 돌고 기와집 골을 휘돌아 서부시장 난전에 결자리를 잡으면 겨울 햇살이 덩치 큰 배추광주리 위에서 데면데면 놀다 사라지고, 풀빵집 비닐포장을 흔들던 바람이 적삼 밑으로 파고들면 시퍼런 배춧잎처럼 까슬까슬한 소름이 얼굴이고 가슴이고 가리지 않았다. 떨이도 공친 날은 무거운 광주리를 되이고 미군부대를 지나 칼바람이 부는 소양강 뱃터에서 더디게 오는 막배를 기다리며 나목처럼 저물고 계셨는데, 김장철이 지나면 된장과 무말랭이, 마른 고추, 호박 고자리, 마늘종 장아찌 등을 봉지에 나눠 담고 희미한 등잔 밑에서 손톱 밑 터진 상처를 쇠기름으로 지지곤 하셨다. 광주리 하나로 자식들을 대학까지 졸업시킨 어머니는 골병 든 관절을 삭정이처럼 꺾고 눈도 코도 뭉그러진 채 박수근의 화폭에서 납작 납작한 풍경이 되고 있었다.

승민이

누군가 버린 화분 속 죽어가는 선인장을 옮겨 심으니 볼품없는 가시투성이 상반신을 늘어뜨리고 실신해 있다. 저러다 말라 죽으려니 했는데, 어느 날 기진한 몸을 추스리더니 등줄기를 빳빳이 세우고 아기 손바닥만 한 새잎을 야들야들 키우고 있다. 화석 같은 가슴에 날카로운 가시로 뒤덮인 승민이도 그렇다. 어려서 재혼한 엄마 집에 눈칫밥으로 살다가 새 학기부터 재혼한 아빠 집에 얹혀사는 중3짜리 전학생. 고요하던 교실은 하루하루가 전쟁터인데 '놓지 않으면 언젠가 다시 일어설 수 있다'고 손바닥선인장 온몸으로 한 말씀 하신다

이규호

강원도 춘천 출생. 2007년 《애지》로 등단. ninza295@gmail.com

시작노트

별 생각 없이 사는데 사상이나 작가론이 내게 있을까.

'왜 사냐면 그냥 웃지요'

우리 삶에 거짓이 끼이고 기우도 들고, 우리는 삶으로써 소설을 쓴다.

미인박명! 짧은 불꽃같은 삶은 산 이들은 삶으로 시를 쓰고 간지 모른다.

우리는 아니 나는 애로소설을 바랐는데, 성장소설을 쓰고 있는 것이다.

부족한 삶을 글로써 메꾸고자 욕심을 부린다.

분명한 것은 삶은 끝나지만 글은 남곤 한다.

이유

그림으로 그리지 못한 걸 시로 쓴다
소설보다 짧은 것을 시로 쓴다
너에게 하지 못한 말을 시로 쓴다
너에게 하고 싶은 말을 시로 쓴다
사랑해!
널 갖고 싶다는 통속적인 말부터
'그저 바라보는 것만으로' 란 가사까지
내가 시인이라 불릴 때가 있다
부끄럽지만 난 시인이 맞다
그림을 그릴 수 없고, 소설처럼 할 말이 많지 않고
더욱이 너에게 하지 못한 말은
하고 싶은 말만큼 山이니까

어머니!

어머니가 돌아가셨다
더 이상 무슨 말이 필요하냐
한 때는 한 몸이었을(기억은 안난다)
나 때문에 아파하고,
나에게 자기 먹은 것의 일부분을 나눠주고...
우리 모두의 맹목, 어머니!
어머니는 장하셨다
어머니는 69에 떠나셨다
멋지게 살고 가셨다고 믿는다

김유정은 어머니를 일찍 여의였다
우리 아버지도 어머니를 일찍 여였다
프로이트는 엄마를 두고 아이가 아버지와 싸운다 했지
내 어머니는 내 나이 33에 돌아가셨고
이제 나와 아버지 둘이다
아! 어머니, 어머니를 만남으로써 난 세상 모든 여자를 만난 것이나 다름없다
그 어머니에게 난 wife도 못 보여주고 헤어지고 말.았.다.

금서

금서의 첫 페이지

"내가 원하는 것은 오로지 너로 인한 나의 타락이다"

진실은 없어 만약 있다고 해도 네가 알 수 없어
네가 아는 순간 그건 진실이 아니야

금서의 두 번째 페이지
"단 하나의 진실이 있다면
타락하기 쉽다는 것이다"

어디에도 완벽한 하얀색은 없어
이 눈밭에서조차도
마음속에서조차
나의 눈빛이 닿는 순간 그것은 퇴색해버리지

금서의 세 번째
"모든 것은 반복한다 죽음을 제외하고"

사람들은 누구나 욕망 앞에 서성거리지

새들조차 피하는 그 곳에

금서의 네 번째
"구원받기 위해선 우선 타락해야한다"

당신의 발밑에 내 꿈을 드리워요
당신이 밟는 것은 나의 꿈일테니

금서의 다섯째 장
"타락한 자만이 이 문을 통과한다"

문둥이 시인이 있었어
길모퉁이에서 연인을 마주쳤지
거기에 옛 애인이 있었어

나는 나는 죽어서 파랑새 되리
당신은 당신은 죽어서 파랑새 되리

금서의 여섯 번째 장
"애초에 인간의 행복은 신의 창조계획에 포함돼있지 않았다"

살아서 가능한 모든 것들 중에 가장 결정적인 것은
모두 다 죽는다는 것이다

금서의 7번째 장
"나는 당신이 타락하기를 희망한다. 철저히."

한 소설가가 있었어
마약하다 잡혀갔지 이런 말을 남기며…
나는 나를 파괴할 권리가 있다

금서 읽기를 중단해야지
이곳을 떠나야 하고
이미 타락했으니…

화가와의 대화

— 그림 속에 노래하는 이가 있다

춤을 추는 사람은
꿈이 있을 것이다
노래하는 이는
사랑을 하고 있는 것이다
그림을 그린 이는
사랑을 하고 싶을 것이다
단순 나의 추측이라고 하기에
그들은 여전히 노래를 하고 있다

나도 노래를 하고 싶다
혼자 훌쩍대는 것이 아닌
네 앞에서 하고 싶다
아니, 네 사랑을 보상하고도 남을 커다란 무대에서나…

자유로운 이는 일탈을 꿈꾼다
자유를 잃은 이도 일탈을 꿈꾼다
그러나 우리는 일탈에 대해서 함구한다

때로는 너무 조용한 나의 친구와
언어도단에 빠진 어느 사람과

그리하여,

춤을 추지 않는 당신과
노래를 멈춘 나와
그림을 보지 못하는 우리

이상문

강원도 양구 출생. 1986년 시동인 '풀잎'으로 시작활동. 춘천민예총 회장.
bara2000@naver.com

시작노트

일기예보

내일 맑고 포근, 아침 짙은 안개

11월의 날씨처럼
사회적, 경제적, 국민적 일교차가
점점 심해지는 요즘이다
안개속이긴 해도
아직 더 추워지지 않아 다행이다
망치질이라도 할 수 있어서

달에 관한 과학적 지식

1.

달의 뒷면에는 엄청난 양의 물이 있다. 액체 상태가 아닌 물의 분자 구조 상태이거나 얼음의 형태로, 달의 몸을 녹이거나 산소와 수소가 완전한 물 분자로 결합하는 데는 엄청난 에너지가 필요하다. 달의 뒤, 뒤를 보여줬다가는 속을 들켜 한꺼번에 무너져버릴지도 모른다. 봇물처럼 터질 수 있는 물. 혼자서는 절대 꺼내 쓰지 못하는

2.

어떤 천체가 다른 천체의 움직임에 따라 가려지는 것을 식蝕이라 하는데 달의 운동에는 일식과 월식이 있다. 그믐부터 보름까지 그리고 다시 반대로 이어지는 규칙적인 운동을 하는데 식상한 면이 있어 달이 위로 가던가 아래로 내려가는, 체위를 확 바꿔보는 게 일식과 월식의 방식이다. 어쩌다 벌건 대낮에도

3.

지구중력으로 발생한 조석력에 의해 달에는 지진이 일어난다. 지진파가 생기면 한 번에 그치지 않고 몸서리치듯 몇 번이고 계속해서 출렁거린다. 지구와 달 둘이 만드는 것 중 가장 격렬한 달의 오르가즘.

4.

달은 다른 운석의 충돌에 의한 표면의 분화구는 수십억 년 동안 상처를 고스란히 끌어안고 있다. 달에 대기가 없기 때문이다. 대기가 없어 바람이 없고 비도 오지 않는다. 이런 상처를 치료하는 데는 따뜻한 숨결과 부드러운 손길, 그리고 정말 물이 묘약이다.

5.

근래에 아내에게 갱년기가 왔다. 아직 달거리는 멈추지 않았는데 온몸이 뜨거워지고 얼굴에 열이 올라 자주 화끈거린다. 시원섭섭하다는 말에 달처럼 발그레한 얼굴을 덧붙여 자주 샤워를 한다. 불꽃은 마지막이 제일 강한 법이다.

꽃 1

당신이 꽃
또, 당신이 꽃

각양각색각향의 꽃

지금 나는
저무는 한 생애의 꽃밭을 건너는 중이다

진실, 주권, 정의, 민주 다 아랑곳없는
신라 어느 왕조
여왕의 꽃밭을

티벳으로의 여행

설산에 신들이 산다고 믿는 티벳 고원 사람들은
손이 비어있는 동안에는 언제나 뜨개질을 한다

선線이 만드는 평면平面,
생각이 형형색색으로 넓어지는 옷감에는
고원의 시간을 짚어주는 들꽃들의 하루도 새겨놓는데
눈꽃의 계절에는 사람들이 설중화雪中花가 되어 원색으로 피고 진다
이때, 만년설을 쓴 설산은 실을 풀어주듯
허리에 구름을 묶었다 풀어주며
까맣게 탄 속이나 울화 같은 것도 다 삭혀
맑은 비를 뿌리기도 하고
한참씩 으르렁거리는 짐승소리를 내기도 한다
일제히 경을 외우는 소리 같기도 하고,
또 이런 때에는 마을이 며칠씩 구름 속에 머무는데
운 좋게 마을을 찾은 이들에게
후루룩 빗소리를 내며 마시는 미숫가루 차와 함께
구름 같은 흰 천을 목에 걸어주며 반긴다
가끔 산 위에서 마을로 무지개가 뜨기도 한다
그러니까 뜨개질은 꽃들에게서 배우고 무지개에서도 배운 것일 텐데
설산에 가까울수록 경건해지고 고요해지는 것은
여기서는 구름이 생활이고 오랜 법문인 까닭이다

이번 여행에는 그 마을에 가보지 못했다
온 마을이 또 구름 속으로 수행을 떠났기 때문이다

이향숙

강원도 강릉 출생. 2008년 《에세이문예》 수필 등단. noble2017@hanmail.net

시작노트

'46년 화단 명퇴식'은 내가 일곱 살 때 이사와서 유년기와 청년기를 보내며 결혼전까지 기거했던 내 집에 대한 기억이다. 현재 46년째 동네 토박이 중 하나가 된 우리집은 안타깝게도 46년 전 이전부터 소방도로계획에 잡힌 주거지역이다. 집 100미터 앞쪽에 큰 도로가 있는 위치라 무의미한 이 도시계획 때문에 큰 의미를 두지 않고 살면서 한두 번의 보수 및 증 개축을 했고 그곳에서 두 남동생이 태어났고 장성했으며 아버지가 정년퇴임을 마치셨고 지병으로 고생하다가 삶을 마감하시기도 했다. 작년과 올해 시청에서 매입 협조 공문이 오고 건축 감정사들이 와서 건물 및 대지 감정을 하는 등 북새를 떨었지만 팔순이 넘은 어머니는 본인 살아생전까지 그 집에서 한 발짝도 나갈 의사가 없으시다. 집의 허물어짐은 한 가족의 기억과 추억에 대한 상실을 의미하기 때문이다. 주택 마당에는 아버지 손이 가장 많이 갔던 작은 화단이 하나 있는데 그 화단의 나무도 일일이 감정가격으로 매겨져 통보된 것을 보면서 그 막막한 심경을 글로 옮겼다.

'끝이 아닌 시작이라는데'는 올 여름 갔던 포르투칼 여행지 중 하나인 유럽 대륙 최서단, 대서양을 만나는 땅끝마을 '까보다로까'에 대한 서정이다. 더 이상 물러설 곳도 더 이상 다가갈 곳도 없는 처연하고 쓸쓸한 내 마음 한

켠을 닮아 있었다.

'병산, 위태한 마음 언저리'는 병산서원을 둘러보던 날, 햇살이 유난히 안온하고 따스했던 날, 아름다운 가을 풍광 아래 일상에 젖어있던 묵은 습기를 바짝 말리며 마음 언저리가 꿈틀대던 그런 날에 대한 기억이다.

'빙벽'은 겨울마다 강촌 구곡폭포가 강추위로 얼어붙을 때 빙벽 타기를 즐기는 모습들을 가까이 가서 관찰하고 지켜보면서 마냥 오르는 놀이가 아닌 내려오는 놀이로서 바라보는 내 시각이 당시 내 삶의 시점과 겹쳐지던 아뜩한 느낌을 글로 옮겨 본 것이다.

46년 화단 명퇴식

무궁화양 목단군 삼십년 되셨구요
향나무 총각은 사십년지기 너무 웃자랐어요
거기 제멋대로 자란 장미아가씨 가시 돋힌 지 십년 됐다는데
둘러 친 화단경비원은 삭아내려 보잘 것 없어도 그동안의 감시와 수고를
인정하여 관리비 오십만원 쳐 드리지요

유년을 시작하여 청년 장년 중년에 이르기까지
비바람 폭설은 너무 잦아 발이 시려 값을 못 쳐드리구요
마당이 잊지 못하는 섬뜩한 기억 중 하나는 그 왜 오래전 진돌이라는 개가 아버지 왼손목을 덥썩 물어서 붉은 작약처럼 피 뚝뚝
꽃으로 번졌던 거
그거 잊어 주십사고 흰 목단 벙글어진 값으로 바닥에 깔아 드리면 어떨까요

아, 그리고 저기 저 꼭대기 무섭게 솟은 향나무 어르신
한 뼘 땅에 과하게 발 뻗어 여태껏 바람 잘 날 없이 집 안팎 대소사로 들썩거린 죄목으로 뿌리채 뽑고 싶은데
괜찮으시겠어요?
그게 억울하면 스스로 화단 밖으로 걸어 나가시던지요

끝이 아닌 시작이라는데

잔잔하고 낮은 풀꽃 무더기 붉고 노랗게 발아래 가득했지

굽은 산등성이 외길 동무하자며 쪽빛 먼 바다 아스라이 섬하나 품고

수런거려 반짝 어지럼증이 일 때 햇살하나 화살처럼 꽂히고 파문이 이는 물무늬 뛰어내려 안기고 싶도록 짙푸른데 아득히 먼 그대처럼 땅이 거기까지고 거기서부터 바다래 왜 내가 디뎠던 발자국은 흔적없이 사라지는 걸까 끝이 아닌 시작이라는데 절망은 빛나는 귀엣말처럼 속삭이고 감겨오는 걸까

이젠 더 이상 그립지 않아 그래서 말인데 절벽 끝 바다가 더 간절한 거 알아? 내리던 길 따라 오르며 나올 때 발목이 자꾸 툭툭 꺾여 끊어지고 기울어진 십자가는 너무 높은 탑이 되고 둘러싸인 그들은 자꾸만 뒤뚱거려 비스듬한 안개속에 있네 서서히 부서지고 아무것도 아닌 듯 스러져갈 수 있을까 그래도 괜찮을까 까보다로까*

* 까보다로까-유럽 대륙 최서단 포르투갈 땅끝 마을

병산, 위태한 마음 언저리

희고 먼 백사장에서 물수제비 뜨는 일
푸른 절벽 단층들이 기우뚱하니
제 그림자를 들여다 보고
강빛은 고요함으로 선문답한다
만대루 기둥 마룻장 받치느라 제 몸뚱이 그대로 걸어나와
주춧돌 위에 눈만 가리고 있다
덩그러니 매달린 북편, 유생들의 나른한 오수를 깨웠다해도
복례문에 드나들 때 몸 낮추지 못하는 내 어쥚 없음
쏟아질 듯 쏟아질 듯 위태한 마음 언저리 생목 올라오듯 하다
어느 누가 이리도 마음 한 켠을 잡아당기는지
맞배지붕 겹처마
아, 저 환장할 가을 빛

빙벽

내려올 때 쉬워 보인다
자일에 온몸을 맡기고 사뿐히 떨어지는 발의 허공
수직 오름길 막막한 두려움은
스크류에 단단히 고정되다
어슷어슷 비쳐오는 빙벽의 정수리
몰입의 절정 밖으로 튀어 오르는 빙편
찍고 올라야 할 바일을 걸쳐야 할 때
하강하며 추락할 수 있는
온전한 놓임의 그 때
결빙의 투명함이 제 몸끼리
무디고 상처 난 흔적으로 켜켜이 엉켜 붙다
잡는 것보다 놓는 것이
붙는 것보다 떨어지는 것이
오르는 것보다 내려오는 것이
홀가분한 추임새
수월한 아름다움
새의 깃털처럼 낙화落花하는 뒤태가
제 몸 내어 젖 물리는 빙벽의 그늘로 들어갈 때
내려오는 그 곳
하강 놀이터

전형근

강원도 화천 출생. 시각시인. 춘천다다이스트. 사진소설가. 설치미술가. 『2014 dada詩展』, 『2014 착한궁민 해프닝』, 『2014 아트캠페이지'아직도 슬픈열대'展』. kinetow@naver.com

시작노트

나의 시는 더 이상 감정의 기록, 노래, 명상이 아니다
그것은 마음의 공간에 자리잡은 들판이고
거기에서는 하나의 싸움이 일어난다.
시의 파괴와 시의 탐구 사이에서 벌어지는 싸움이다.
시는 그 자신을 위한 모든 기회가 파괴되었을 때
비로소 탄생한다. 그렇기 때문에 시의 과정은
시의 옷, 도구, 소유물을 모두 벗어 버려야
존재의 원만함을 새롭게 획득하는 것이다.
나의 시는 시의 새로운 패션을 고르는 일이고
다 써버린 몽땅연필을 교체하는 일이고
그리하여 새집을 짓는 자재를 조금씩 획득하여
쌓아 놓는 야적지를 찾는 일이다.

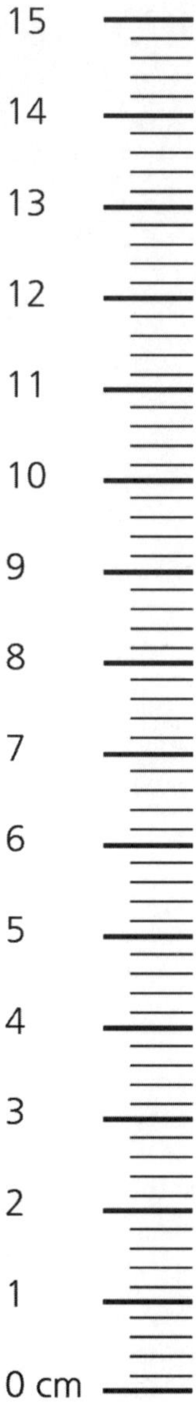

15cm*

* 이 시를 아래에서부터 씹육센티미터 크기로 읽어주세요
** 존슨즈베이비로션 핑크

복 중2다
15cm 앞으로 포
를 흔들며
점액질 번드르한 더듬이
이변으로 굵어졌다
15cm 몬스터 달팽이, 기상
신을 15cm 올렸다
곡사포의 포
15cm 야전
검사는 본능일까
굴착기의 가격대 성능비
잡이가 유독 큰 15cm
손
성적으로 발랐다
꺼낸 아저씨가 장군감 머리에 감
주머니에서 15cm 베이비로션**을
암, 장군감이지
15cm이면 크나요
남자 중2가
15cm 뒤에 섰다
를 신은 여자의
킬 힐 15cm

10번의 시도

-어느 전시기획자의 작업노트

우리 한 번 OO합시다
우리 한 번 OO합시다
우리 한 번 OO합시다
우리 한 번 OO합시다
우리 한 번 OO합시다
우리 한 번 OO합시다
우리 한 번 OO합시다
우리 한 번 OO합시다
우리 한 번 OO합시다
우리 한 번 OO합시다

10

*
10평의 대기실
10개의 탈의실
10명씩 갈아 입는다
10평의 전시장
10명의 관객만 입장
10개의 침대
10명의 행위예술가
10번의 시도
10분의 시간
10컷의 사진

10번의 선긋기

-탄트라 수행을 위한 만다라 선긋기

나는 [redacted]9합니다

나는 당신[redacted]9합니다

나는 당신과[redacted]합니다

나는 당[redacted]합니다

[redacted]당신과 69합니다

나는 [redacted]신[redacted]9합니다

나는 [redacted]신과[redacted]합니다

나는 [redacted]신과 69합[redacted]

나는 [redacted]신[redacted]합니다

정현우

강원도 양구 출생. 서양화가. 시화집 『새들은 죄가 없다』, 『그리움 따윈 건너뛰겠습니다』, 『누군가 나를 지울 때』 외. parohoj@hanmail.net

시작노트

야매 시인.

류근 시인은 자칭 3류 트로트 야매 시인이다. 스스로를 이런 식으로 낮게 설정하면 참 편하겠다 싶었다. 말이나 행동을 조금은 막 해도 되지 않겠는가? 물론 그의 이런 코스프레는 문학적 자신감일 수도 있다. 어쨌거나 나는 그를 딱 한 번 만난 적이 있다. 나는 그에게 야매 타이틀은 내 거니까 돌려달라고 했다. 당신은 신춘문예를 통과한, A급 면허를 가진 시인이지 않느냐 나는 실제로 등단을 못한 야매 시인이다. 그때 그는 흔쾌히 내게 야매시인이란 타이틀을 돌려줬다.

돈도 안 되는 시를, 쓸수록 어렵기만 한 시를 포기하지 못하고 야매로라도 쓸 수밖에 없는 까닭이 대체 무엇이란 말인가? 정말 시는 뮤즈가 불러주는 거라 거역할 수 없는 것인가 그렇다면 나는 단 한 편의 시라도 뮤즈가 불러줘서 쓴 적이 있는가? 아니면 나는 단지 뮤즈의 언어를 해독하지 못하고 있는 걸까? 얼마나 더 시간이 흘러야 뮤즈를 만날 수 있단 말인가? 뮤즈까지도 야매라고 차별을 하는 걸까? 시를 생각하면 잡념만 꼬리에 꼬리를 무는데, 시를 써야한다는 이 끊임없는 강박은 대체 무엇이란 말인가?

가난

자본주의 나라에서
가난은 큰 죄다
공소시효도 없다

거북이

거북이는 이빨이 없다. 아무도 물지 못하겠다. 거북이는 딱딱한 등이 있다. 아무에게도 물리지 않겠다. 느리게 오래 사는 까닭이겠다.

11월

11월의 11이란 숫자는 쓸쓸하다는 의미의 상형문자 같다. 달력을 넘기면 뼈가 시리다. 그대와 나 사이가 너무 휑하다.

님을 위한 행진곡

세월호 특별법 제정 촉구를 위한 행진 이튿날 아침 일어나 보니 최와 나 단 두 사람만 남았다. 우린 깃발을 하나씩 들고 1박했던 팔랑리 공소를 떠났다. 최가 웃으며 말했다. “형, 동지는 간데없고 깃발만 나부껴” 나도 웃었다. 혼자 깃발을 들고 가는 나를 잠깐 상상해봤다. 바로 감정이입이 되었고 나는 속으로 ‘님을 위한 행진곡’을 불렀다.

누가 따라오는 것 같았다. 뒤를 돌아보았다. 쑥부쟁이, 마타리, 벌개미취 수수, 조, 벼, 깨, 콩 …… 팔랑리의 초가을 들판 전체가 우리를 따르고 있었다.

조현정

강원도 춘천 출생. 시문 동인. 강원민예총 문학협회장. dalip89@naver.com

시작노트

상처엔 딱지가 앉게 마련이다. 상처가 아물어 저절로 딱지가 떨어져 나갈 때까지 기다리려야 하리라. 하지만 거치적거리고 간질거리는 딱지가 손에 닿는 순간 어느 결엔가 걷어내 버리고 만다. 실수로 상처를 건드리기라도 하는 날엔 눈 딱 감고 잡아 떼 버리곤 하는데 눈물이 핑 돌 정도다. 또다시 새로운 딱지가 앉을 때까지 기다리는 일, 새로운 딱지가 앉고 떼어내기를 반복하며 상처투성이 과거사를 들여다보는 일, 때로는 잊었던 기억이 선명히 떠오르기도 하고 잊고 싶지만 잊어서는 안 될 기억을 까맣게 잊어버리는 일 …… 그것이 우리가 말하는 일상인지도 모르겠다.

여자가 있다. 가증스러운 여자, 삐뚤어진 여자, 추한 여자. 가증스러운 여자의 가증은 사전적 의미인 '괘씸하고 얄밉다'라는 뜻보다 더 강렬한 증오와 비난의 대상이 됨은 물론 상대방에게 상해를 입힐 수도 있는 악녀의 코드를 갖기에 충분하다. 삐뚤어진 여자는 삐뚤어진 세상을 삐뚤어지게 바라본다. 세상이 원하는 긍정 따윈 저만치 미뤄두고 삐뚤어진 세상 속을 힘겹게 살아가는 이들 편에서 아픈 눈물을 흘릴 줄 아는 여자다. 그리고 추한 여자. 그녀는 아름답다. 요즘 세상에 자신의 속옷을 기우고 식구가 남긴 밥을 먹는 여자라니 …… 그녀는 희생의 가치를 온전히 끌어안는다. 그녀들은 다른 듯 같은 모

습으로 이번 생의 구석구석에서 입은 상처를 드러내며 함께 살아간다.

누군가의 손녀, 며느리, 딸, 아내, 언니, 이모, 그리고 엄마인 여자들, 그녀들의 개인적인 경험은 일상적이지만 언제나 삶과 직결된 갈등에 노출되어 있다. 자유로움과 황폐한 현실 속에서 갈등하는 그녀들은 갈등이 깊을수록 수다스럽고 경쾌한 어조를 구사한다. 콤플렉스, 고통, 왜곡, 자기 미화, 부조리한 세상, 행복, 사랑, 정서적 욕구 등 …… 어쩌면 일상이라는 이 넓은 범주 안에서 그녀들이 자유로움을 꿈꾼다는 것 자체가 비현실적인지도 모른다. 이 비현실적인 공간이 바로 '그녀'들의 상상의 공간이며 '나'의 시세계이다. 자기 마음의 상처 딱지에는 인색하면서 남의 상처에는 스스로 딱지가 되어 덮개가 되어 주기도 하는 이 여자들이 '나' 또는 '그녀'로 시의 화자가 된다. 그녀들은 섣부른 마음의 치유와 회복을 읊지 않는다. 시간과 연습의 힘을 믿을 뿐이다.

나는 오늘도 한걸음 더 성숙하고자 모두가 아는 상처를 꺼내든다.

초록 신발

슬리퍼를 벗어 머리를 갈기는 학교에 들어가고부터
더 이상 발이 크지 않았다

빗물이 잡표 운동화 천을 뚫고 들어와
엄지발가락 끝부터 서서히 물들이는 동안
떠난 엄마는 맞지 않는 초록색 신발을 보내왔다
그 여름내
빗물은 독毒의 빛깔을 머금고
할딱대는 초록 신발을 신고 다녔다

소녀는 알 수 없는 두통으로 비칠거릴 뿐
더 이상 크지 않는 발이 두렵지 않았다

신발을 가지런히 벗어놓고 가버린 사람보다
어지러이 벗어놓고 가버린 사람을
좀 더 오래 기다린다는 것을 알고부터
발이 크지 않는 이유가 궁금하지 않았다

초록색 신발을 신고 왔다고 교문에서 잡힌 후부터
더 이상 발이 크지 않았다

수돗물 틀어놓고 우는 여자를 보았다

이른 아침을 목적 없이 나는 새는 없다고
바다 위를 나는 새도
땅 위를 나는 새도
오직 먹잇감을 구하기 위해 날아가고 있는 거라고
생각했어

점점 퇴화 되어가는 다리를 끌고
낯선 길을 가는 건 무리라고
넘어지지 않는 법이나 연구하며 사는 거라고
때로 곤두박질치는 순간에도
두고 온 새끼 걱정에
웃으며 다시 일어서야 한다고
생각했어

사무실 세면대 앞에
수돗물을 틀어놓고 우는 여자를 보았어

긴 여행을 준비하는 저녁처럼
시공을 넘나들던 설렘은 다시 오지 않아
세상에서 가장 듣기 싫은 건

눈물 떨어지는 소리
날갯죽지 밤새 주무르는 어미 새가 되어
먼저 와 있는,
여자의 멀지 않은 미래를
생각했어

여기까지만 오라고 등을 쓸어주었어

그녀의 바닥

이 바닥에선 일류가 삼류조직에 들어가면 얼마 안가 삼류가 되더란 말이지 그럼 삼류가 일류조직에 들어가면 일류가 되냐니까 삼류는 일류조직에 들어갈 수 없더란 말이지

사랑을 싸움질하듯 하는 동물이 보여 잡아먹히지 않으려 가시를 키우는 식물이 보여 딱딱한 평면 위를 요동치는 무리들 가시 박힌 심장 한 켠 파르르 떨며 싸움질하듯 살아가는 사람들이 보여 부러워 지겨워 발 닿지 않는 바닥은 푹신할까 북대서양 어느 깊은 바다 위 둥둥 떠다니는 입술들이 보여

너의 골속에 처박혀 물풀처럼 흔들리며 살고 싶어 내게 빛을 다오 먹이를 다오 수족관 속 심해물고기처럼 빼끔거리며 살고 싶어 평일 대낮 방바닥에 둥글게 누워 너를 지우면 나도 지워질 것 같아 속삭이며 살고 싶어 다들 삶이 미친 맛이라는데 죽을 맛이라는데 딴 세상은 딴 세상대로 돌아가는 거야

들어가서도 들어갈 수가 없더란 말이지

개집에 산다

아파트 거실 코카스파니엘
꼴에 사냥개랍시고 하루 종일 사냥을 한다
주된 사냥지는 쓰레기통
말라붙은 소시지껍데기 살점에서
산세베리아 그 질긴 심줄까지
모두 저항 없는 사냥감이다
오늘도 외출에서 돌아온
개주인의 아내가 소리 친다
이게 개집이지 사람집인가
사람집이면 개가 사람답던가
개집이면 사람이 개답던가
개가 사람다운 것도 못봐 주겠는데
하물며 사람이 개다워야 쓰겠냐고
개처럼 왁왁 짖어댄다.
그래도 개가 좋은 개주인은
개집이면 어떻고 사람집이면 어떠냐
개집에 사람이 살아서
사람이 개집에 살아서 안 될 것도 없지 않느냐
개가 사람일 수 없는데
하물며 사람이 개겠냐고

웅얼웅얼 사람처럼 구시렁댄다
개주인의 아내는 개를 위하여
라디오를 틀어놓고 외출한다
개주인은 아내를 위하여
개 줄을 단단히 묶어놓고 외출한다.
개주인의 아내는 술만 취하면
개 줄을 풀어주는 버릇이 생기고
개주인은 술만 취하면
개를 패는 버릇이 생기고
술 깬 아침이면 사냥 판에 여지없이 짖어대는
개들
사람 집에 산다

허 림

강원도 홍천 출생. 1988년 《강원일보》, 1992년 《심상》으로 등단. 시집 『신갈나무 푸른 그림자가 지나간다』, 『노을강에서 재즈를 듣다』, 『울퉁불퉁한 말』, 『이끼, 푸른 문장을 읽다』.
gjfla28@hanmail.net

시작노트

너무 떠돌았다.
발병이 나서 십리도 못가겠다.
십리 밖에 시가 있는지
있을 것 같다.

늘 시는 곁에 있었고
나는 게을렀다.

광천 새우젓

광천 토굴젓 삼삼하니 익는 시월 상달
장독대에 앉아 점심을 먹다가 모올래 삭은 토굴젓 사랑놀음 듣는다

요 며칠 전이지유 울 밑 귀뚜라미 또르르 또르르 가슴 끝에 와 술렁이는 초저녁인데유 가슴 다독여 잠재우지 못하고 훌쩍 가고 난 못난 사내 그래두 미온처럼 남은 품이 그리워 그 집 앞으로 달려갔다는데유 왜겠시유 그 놈에 사랑 때문이지유 다 채우지 못한 가슴 풀어헤치고 고래고래 소리치며 철대문 걷어차며 밤새 울며 일냈다는데유 여부있겠수 아까 하다만 거시기 마주 합시다 네 뭔 사내가 칠칠맞게 미적지근 하다만데유 이왕지사 몸 달았으니까 아까 하던 거시기 마주 다 하자구유

밤새 귀뚜라미 우는 갈 밤이었더란다

흙담길을 걷다

오래 된 바람이 분다
망우 지고 아버지 밭으로 나가시고
들밥 이고 어머니 논으로 나가신다
그림자와 땅뺏기 하다가
은숙이가 소꿉놀이하자고 조른다
흙담장 아래 햇살 받아 살림 차린다
나는 남자라서 아빠가 되고
너는 여자래서 엄마가 된다
무엇이 행복했는지 웃는다
웃다가 어른처럼 싸우고
싸우다가 어머니처럼 울고

흙담장 아래 쪼그리고 앉으면
오래된 바람은 따듯하다
눈이 자주 내렸다
아침이면 길과 맞닿은 모든 길은 환히 열렸다
흙담장 너머 달뜨고
백번이 넘는 계절이 지나갔다
아버지는 취해서도 돌아오지 않고
어머니는 자주 흙담장 아래
다 풀린 실 타래마냥 앉아계신다
오래 된 바람이 분다

은하수 건너 서쪽

신발을 벗자 알루미늄 가루 쏟아졌다
불빛에 하얗게 반짝이는 미세한 입자들 은하수 같다

밤마다 은하수 건넌 적 있다
하루 종일 나사못 박다보면
내 몸도 나사처럼 어디론가 뚫고 들어가
움직이질 못할 때가 있다

창문이 하나 만들어질 때마다 하늘이 새롭게 열린다
은하수 건너편에서 오는 햇살이 막 창문 넘어선다

사월에 내리는 눈 아랑곳 않고
이미 꽃들은 피어 울긋불긋하다

잠시 주춤거리는 사이
나사못이 손에 박힌다
여기 저기 나사못이 박힌 몸이 노을처럼 붉다

창문 하나가 열린다
저녁 늦도록
가난한 이야기들
은하수 건너 서쪽으로 가곤 했다

유월 대관령

바닷가 마을에 봄꽃이 다 지고 난 무렵 대관령에 갔다
이제야 노란 향기 품은 꽃들과 발가스름한 까마구복사꽃이 폈다

밭두렁에서 봄을 캐는 아낙들이 나물처럼 환하다

오래전에 대관령 어딘가 산다는 산막의 여자에게 편지를 쓴 적이 있다
봄이 다 지나갔다고 쓴 것 같은데
다 지나간 봄을 만나러 오지 않겠냐는 답장이 왔다

몇 번의 봄이 바닷가를 지나간 후 문득 보고 싶은 봄꽃을 보려고 대관령을 갔다가
어떤 꽃향기에 끌려 산막을 지나게 되었다

안개가 밀려오고 이내 바람이 불었고 어떤 꽃향기도 이내 흐릿해지고 서늘했다

긴 밭고랑 끝에서 그 여자 닮은 여자가 이쪽을 한참 바라보았다
이내 안개에 묻히고 밋밋한 등강에서 한 떼의 소들이 울며 내려왔다

유월 대관령 지날 때마다
봄을 만나러 오라는 한 여자가 산다고 여태 기억하곤 한다

허문영

서울 출생. 시집 『내가 안고 있는 것은 깊은 새벽에 뜬 별』, 『고슴도치 사랑』, 『물속의 거울』, 『사랑하는 것만큼 확실한 건 없습니다』, 『왕버들나무 고아원』. myheo@kangwon.ac.kr

시작노트

'詩나 써?'

언젠가 사석에서 이제 덜 바쁘니 "시나 써야겠다"라고 말했다가 동석하신 문인분에게 혼난 적이 있다. "뭐! 시나 써?" 내가 시 쓰기를 너무 가볍게 말한 탓이다. 실제로 내 마음은 그렇지 않은 데도.

요즘 '시를 써'보려고 詩想의 시동을 건다. 그런데 가다가 자꾸 선다. 연료가 없는 탓이다. 어디선가 상상력을 위한 주유를 해야 하는 데 보고 듣고 느낀 게 없다.

"사람에게 神性이 있다" 마더 데레사님의 말씀. "사람에게 詩性이 있다" 정호승님의 패러디다. 정현종님 시에서 '사람들 사이에 섬이' 있는 것처럼 '사람들 사이에 시가' 있을 것이다. 그래서 황동규 시인의 여행시처럼 "여행은 훌륭한 시의 씨앗이 된다"던가.

아름다운 여자를 꼬시려고 '거칠게 함부로 막' 들이대면 혐오감을 느끼고 도망가듯이 시 한줄 쓰려고 어딘가에 마구잡이로 들이대면 시는 저만치 멀

리 야생동물처럼 도망가는 것 같다. 숲의 어둠속에 시가 숨어 있다면 눈치 채지 못하게 살금살금 다가가야 만날 수 있는 것은 아닐까?

시 쓰기가 쉬운 일이라면 "그 많은 동서고금의 유명시인들이 詩魔에 시달리며 시라는 장르에 고대에서 현세까지 매달려있겠는가?"며 스스로를 위로해본다.

아무튼 휘발성이 높은 이미지의 연료를 넣고 詩作을 始作해보기로 한다.

시작詩作 1

아무리
하늘에 별이 많아도
따려니 따지지 않고
세상에 아무리 아름다운 말(言)은 많아도
내 시詩는 되지는 못하고

하늘이 세상이고
별들이 시어詩語라면
나에겐 우물이 필요해
나에겐 두레박이 필요해

시 한 줄 못쓰고
새벽잠에 든 꿈결인가

시에 목이 말라
우물에서 물을 길으니
두레박에 별들이 총총히 떴다.

시작詩作 2

시는 연필이나 펜으로
쓰는 게 아니라
나무를 끌로 파는 것 같이
돌을 정으로 쪼는 것 같이
얼음 돋보기로 초점을 맞추어
종이를 태우듯이
그리움의 빛을 한 곳에 집중하여
한 행 한 연
송곳 같은 혼으로 찌르고
지옥 같은 불로 지져야하리
운필運筆이 쉽지 않더라도
하늘이 구름의 편지를 쓰는 것 같이
강물이 땅의 이야기를 그리는 것 같이
끝없이 서로 통해야 하리
시 한 수首
새처럼 세상 속으로 날아가면
문자文字를 새기고 남은
번뇌의 부스러기나 상념의 가루도
또 다시 태어나
한편의 시가 될 수 있어야하리.

시작詩作 3

밑거름 주고 땅을 갈고
씨 뿌리고 물주고 솎아내고
물주고 약 치고 피 뽑고
물주고 덧거름주고 약치고
베고 말리고 털고
고르고 씻고 또 말리고 볶고 짜고

순 생 진짜 참기름 만드는 과정이다
참사람 만드는 것보다 더 어렵다

참기름 냄새 나는
진한 시를 쓴다면
사람들이 다 좋아할 것 같다.

시작詩作 4
— 글집

대들보가 뒤틀린다
서까래가 내려앉는다추녀가 쏟아진다
주춧돌이 흔들린다
구들장에 금이 간다
방고래가 쓰러진다
툇마루가 갈라지고
대청마루에 구멍이 난다
댓돌도 자빠지고
마당은 비어있다
돌담도 허물어지고
대문도 삐걱 소리를 낸다

수십 년간 지었던
누옥陋屋이 무너졌다

안방엔 누울 자리가 없고
사랑엔 묵을 객이 없다

처음부터
다시 지어야겠다.

황순애

강원도 춘천 출생. 1998년 《심상》으로 등단. 시집 『황홀한 당신』. phania884@gmail.com

시작노트

1. 전화를 하거나 서로 안부를 물을 때 잘 지냈니? 혹은 잘 지내지? 라고 묻는 사람은 정말 싫다. 그 거대한 질문을 아주 가볍게 밥 먹듯이 스치듯이 하는 사람은 경솔해보이기까지 한다. 마치 그가 나의 삶을 점검이라도 하는 양, 감시라도 하는 것처럼 들리는 것이다. 반대로 그 사람들은 나를 신경증 환자라고 비웃겠지? 무슨 의례적인 안부에 그리 부정적인 의미를 두느냐고. 그래도 어쩔 수 없다. 적어도 나에게는 대답하기 아주 힘든, 아주 무거운 질문이다. 그런 안부 인사를 들을 때마다 속으로는 화가 많이 나지만 애써 감추며, 그래서 난 늘 대답을 어정쩡하게 한다. 어, 그냥, 그렇지 뭐 등으로 대충 얼버무리며. 우리는 잘 지내려고 늘 노력할 뿐이다. 때로는 인생의 치명적인 순간이 왔었고 와 있고 또 앞으로 올 지도 모르지만. 그럼에도 불구하고 순간을 치열하게 살고 있는 것이다. 그런데 굳이 그걸 왜 묻는지!

2. 적어도 시 쓰는 사람은 수행하는 자세로 살아야하지 않을까. 늘 그런 강박에 사로잡혀 살면서 자신이 수행하고 있다고 착각을 하는 것 같다. 친구를 만나 서로를 위로하고, 봉사도 하고, 연극, 영화, 콘서트를 통해 지적, 감성적인 자극을 받으며 그 속에서 회심하고 자신을 객관화하며, 그것이 수행의 일부라 생각하고 낮에는 애써 평온해져있는 자신을 본다. 그러나 웬걸 꿈을 꾸

고 나면 낮에는 가려져있던 무의식이 수면으로 둥둥 떠올라 엽기적이고 추악한 장면들이 아우성이다. 꿈은 거짓말을 하지 않는다. 내 속의 정화되지 못한 의식의 쓰레기들이다. 진정한 수행은 무의식마저도 수행되어야 하는 건지. 그건 인간에게 가능하기나 한 건지.

3. 어려서는 엄청 행동이 느리고 운동신경이 둔했다. 어려서 애들끼리 놀이를 하다가 누군가가 먹을 것이나 선물을 가운데에다 두고 누가 먼저 가지고 가는지 내기를 하면 나는 항상 꼴찌였다. 그래서 언제부턴가 난 다른 애들이 먼저 다 가지고 간 다음에 맨 꼴찌로 가서 가지고 오거나 없으면 마는 식이었다. 그러면 어른들이 저렇게 어질고 의젓한 애가 어디 있냐고 늘 칭찬이 자자했다. 사실은 행동이 굼떠서 포기하다 보니 그런 것인데. 여하튼 그 여파로 난 아직도 남들과 동시에 어떤 행동을 하면 항상 뒤처지는 편이다. 줄을 서지 않는 한. 아니 오는 대로 줄을 서는 것은 문제가 없으나, 요이 땅 하고 줄을 서면 제일 뒤에 설 수 밖에 없다. 그래서 그런지 비가 오면 우산을 펴는 것도 제일 늦고 접는 것도 제일 늦고, 게다가 머피의 법칙까지 작용해서 비가 올 듯해서 우산을 챙겨나가면 비가 오지 않고, 비가 오지 않을 것 같아서 우산 없이 길을 나서면 영락없이 비가 온다. 그러나 어떤 때는 이런 나의 굼뜸이 유머가 아닌 힘겨움이 된다.

4. 가장 중요한 것을 위해서 모든 것을 포기한 적이 있었던가. 그렇게 사는 사람들이 가끔 있다. 그래서 지긋한 나이에 교수가 되고, 가수가 되고, 화가가 되고, 그러다 아무 것도 못되는 사람도 있다. 이 세상에는 무명의 고수들이 많다는 걸 알고 계시리라. 그들은 세상에 알려지고 싶어 하지도 않는다.

안부

잘 지냈느냐고 묻지 말아주세요.

그런 소용없는 질문은 하지 말아주세요.

그건 과거형이잖아요. 남의 과거를 왜 물어보는 거예요.

과거에 무슨 일이 있었는지 왜 들추어내는 거예요.

잘 지내지 못했다면 또 어찌하려구요. 이미 지난 일에 어떻게 관여하려구요.

지났다는 건 이미 상황이 종료된 거라구요. 어떻게든 해결이 난 거라구요.

잘 지내느냐고도 묻지 말아주세요

그런 쓸데없는 질문은 하지 말아주세요.

잘 못 지내면 당신이 어찌해준다는 건데요. 당신이 내 문제를 해결해줄 거예요.

당신이 대신 싸워 줄 거예요. 당신이 대신 아파 줄 거예요. 당신이 대신 사랑해 줄 거예요.

어떻게든 내가 해야한다구요. 내가 살아내야 한다구요.

잘 지냈느냐고 묻지 마세요.

잘 지내느냐고도 묻지 마세요.

수행착오 修行錯誤

꿈이었다
길바닥에 밥은 여기 반찬은 저기 흐트러져있고
돌아다니면서 밥을 먹고
푸른 이스트를 넣은 눈알은 몽글몽글 부풀어오르고
이불을 길바닥에 깔아놓고
약장사를 따라다니고
욕지거리와 삿대질을 해대었다.

이상하다
오늘도 어제처럼 마음이 고요했는데
내일도 그럴 것인데

봉사도 다녀 왔는데
쇼핑도 했는데
친구에게 밥도 샀는데
영화도 한 편 보았는데
세금계산서도 끊었는데

이상하다
자꾸 꿈이 거짓말을 한다.

메트로놈

비가 온다
사람들은 재빨리 우산을 쓴다
우산이 없다

우산을 샀다
우산을 폈다
비가 오지 않았다
우산을 접었다

다시 비가 온다
우산을 펴느라 우물쭈물하는 동안
비를 흠뻑 맞았다

다시 우산을 폈다
비가 그쳤다

우산을 접었다
다시 비가 온다

우산을 폈다
다시 비가 그쳤다

덕성식당

거기 가면 밥을 많이 먹을 수 있어요.
내가 조교할 때 조교들하고 자주 왔었어요.

청춘을 만년 조교에 바치고
벼랑끝 오십줄에 들어서서
전임교수가 되신 선생님,
덕성식당에 가서 백반을 먹자고 하신다.

허연 이밥에 반찬은 배추김치와 오이김치와 채나물과
콩나물과 오뎅볶음과
멀건 된장국

밥 한 그릇을 다 먹어도 배가 고프다
스뎅 밥공기가 유난히 크기에
맘놓고 많이 먹을 수 있어
먹어도 먹어도 헛헛한 속에
맨밥을 자꾸 입에 넣는다.

식은 밥 한 수저를 입에 넣고
오래 씹으면 따뜻해진다던
선생님의 시구,

반백년을
배곯으셨던 선생님,